JN169901

毎日っていいな

吉本ばなな

毎日新聞出版

毎日っていいな　もくじ

毎日っていいな

いつのまにか

その日、私は那須に行って、夫の実家で過ごしていた。

お母さんはずいぶん前に亡くなっていて、お父さんがワイルドこの上ない一人暮らしをしている。

私は夫と入籍していない。

うちの両親はかけおち婚だった。母の前のだんなさんがなかなか籍を抜いてくれず、そのことで母方のおばあちゃんが長い間結婚に反対していたりして、小さい頃から実家の家族全体に「入籍」にものすごいネガティブな気持ちがあったのが理由のひとつ。

私が昔、結婚したいと言いだしたとき、両親が口をそろえて「いいけど、入籍だけはやめておきなさい」と言ったので「いったいなんなんだ？　この親たち」と思った。

もうひとつは、父の仕事にまつわることでいつもうちには恐ろしい人たちが押し寄せてきたり、ドスのきいた声での電話が常にかかってきていたので、私の中には「ものを書く人は親戚を増やさない方がいい」という強迫観念があるということ。自分の子どもとパートナーくらいは巻き込んでもしかたないかもしれないが、籍を入れた先の親戚までいやな思いをしかねない。それを思うと自由に書けなくなるから私にとっても負担だ。小説家とはとても孤独な職業なのだ。

夫のお父さんはもちろん入籍しないことをあまり快く思っていなかったと思うが、私たちに子どもが生まれたり、いっしょに温泉に行っているうちに慣れたみたいで、今は「まあいいか」という雰囲気になっている。

初めは私も気を遣って掃除を手伝ったりしていたのだが、そのやもめ天国のすばらしさに飲み込まれてしまって、最近では行くといきなり床に寝転んでほんとうに寝たりしている。お父さんは私に毛布をかけてくれる。その毛布がたとえ喘息(ぜんそく)レベルにほこりっぽくても、なんだかすごく幸せなのだ。

やもめライフはものすごくクリエイティブで、目からうろこが落ちるような発見に満ち満ちている。

その日は、庭に通じる増設された書庫が新たに全部ごみ捨て場になっていた。そこをごみ箱だと思うと楽だ、というのがお父さんの意見だった。

神棚には火事で焼け残った真っ黒いウルトラマンがすっくと立っている。

冷蔵庫はいっぱいになると増設される決まりらしく、五台くらいある。

ごきぶりをおびきよせてはバーナーで焼く巨大なシステムがあったが、あまりにも見た目がものすごくて、私たちに不評だったことからさすがに撤去されていた。

昔はそのやもめの城から繰り出される賞味期限が謎な食べ物を拒んでいたが、最近は慣れて喜んで食べさせてもらっている。お母さんが生きていた頃からのすき焼き鍋に庭でできた野菜をどんどん入れて、みんなですき焼きを食べた。ピーマンとなすとキャベツとにんじんがたっぷりで、これはほとんど野菜の煮込みだね、と笑い合いながら。

お母さんのお仏壇には、ジャムのついたトーストとヨーグルトがちんまり載っていたので、ちょっと泣けた。今もいっしょに朝ごはんを食べているんだね。

そんな私たちは入籍よりもずっと強い気持ちで結ばれていると思う。

雨の夜

ずっと下北沢の近所に住んでいたMちゃんが大雨の中、夜中にひとりで歩いてやってきた。

もうすぐ、彼女はご主人の仕事のつごうで遠くに引っ越してしまう。

下北沢の前、彼女は三茶(さんちゃ)と上馬(かみうま)に住んでいた。私もそのへんをうろうろしていたから、知り合って十年くらいずっと近所にいたことになる。

その間、彼女は長年のつきあいだった遠距離恋愛のご主人といったんお別れをし、しばらくしてからやはりふたりでやっていこうと強い決心を固めて結婚し、お子さんが生まれ……人生がいちばん動く大きな時期をずっと近所で過ごした。悩みを聞いたり、祝福したり、生まれたての赤ちゃんに会いにいったり、生活の一部の中に彼女は常にいた。

父を亡くしてお葬式も終わりぽかんとしていたとき、いちばん最初にいっしょにお昼を食べてくれたのはMちゃんだった。

お通夜とかお葬式とかお坊さんとか滅多に会えない人に会うとか、そんなようなことなら耐えられた。非日常の中にいるから父もいない、そういう感じだった。「おかしいな、いつもこういう行事には父の姿があったんだけどな?」と私の中にいる子どもの私が首をかしげている数日間が終わり、急にひとりになったときにMちゃんが近所にいることがありがたかった。

そんなこともこれからは気軽にできなくなってしまうんだなあと思うととても淋しかったけれど、今の時代はずっと同じ村に住んでいっしょに歳(とし)をとっていくことのほうが稀(まれ)だろう。若い頃には必ずみんなどこかに引っ越すものだし仕事も変わるものだ。だからこそ、かけがえのない期間があってよかったな、と私は素直にその変化を受け止めた。

子どもが小さいときってほんの短い期間だけれど、家族というユニットがいちばん強固になる時期だ。あんなに自分以外の人と肌と肌で触れ合う期間もそうそうない。夫婦とはなにかなどといちいち考えないで、がむしゃらに子どもをめぐって互いに走り、笑い、泣き、その土台が後に子どもが巣立った後に他人のふたりを強く結びつける。

私とMちゃんがお互いのそんな珍しい期間を、互いに頼もしく感じながらそばで過ごせたことを嬉しく思う。

引っ越しの真っ最中のその夜、いつも赤ちゃんを連れて歩いている彼女は赤ちゃんを寝かしつけて久しぶりにひとりでやってきた。くっついてる赤ちゃんがいないと少しだけ心細い感じに見える、小さい子がいるときのお母さんってそんな生き物だ。うちの子どもは夜中に来たMちゃんにはしゃいでマジックを見せ、夫と私がそれにいろいろなことを言ってからかい、おいしいおかきを食べながらビールを飲んだりして、全くいつものように近所の人として過ごした私たち。

でも、雨の音の中で私たちは痛いほどわかっていた。今日という日が特別な旅立ち前の最後のひとときであることを。もうこれが「いつも」ではなくなってしまうことを。

優しい光に包まれるような、忘れられない良い夜だった。

年月

歳上の友だちが関西にいる。

お互いに信頼し合っていると感じられる人だ。

私が結婚したときも子どもを産んだときも、彼は釣りに行って大きな鯛を釣ってきてくれた。魚屋さんにあわてて走りさばいてもらったり（とても自分ではさばけない）、すぐになるべくたくさん人を呼んでお刺身を食べたりと大騒ぎになるけれど、これ以上嬉しいことはないくらいありがたかった。

私が病気になって入院したときも、両親と姉がいっぺんに入院していたときも、彼は神社で毎日お祈りしてくれたのに、そのことをいちいち私に言わなかった。

人づてに彼がお祈りしてくれているということだけが伝わってきた。

あんなふうに見返りを求めずに人になにかをすることが自分にはできるだろうか？と思うたび、冷たくてきれいな水に触れたときのような感じがする。

この感じに触れることが最近少なくなった。

小さい頃は、いやなものもたくさん見たけれど、こういう感じをもっとあちこちで見かけた気がする。

毎日ならお金を取ったら？　とか、それって商売になるんじゃない？　とか、そういう声が小さく清冽（せいれつ）な流れを干涸（ひから）びさせてしまったのかもしれない。

だから世界中のどこでもそれに出会うと「心の栄養だ」と思う。

そういうことをゆっくり思い出す時間もあまりないから、せめてそっと目を閉じてそのことを思う時間を持つようにしている。

管啓次郎（すがけいじろう）さんと対談したら、すばらしいことをおっしゃっていた。

「みんな、仕事もネットもしないで、夜はもっとゆっくり寝ればいい。七時間でも八時間でも。それでたくさん寝たなって思いながら目覚めればいいんだ」

そうしたらきっと戻ってくるであろう何かを、寝不足の私は今日も夢見ている。

私が結婚した頃、その友だちの息子さんはまだ小学生だった。

今、彼の家に行くとその子はもう三十歳近い立派な青年として仕事から帰ってくる。

私が子どもを産んで初めてそこに子どもを連れていったときだって、もう十年以上前になるのだ。

しょっちゅう会わないから変化は大きく感じられるが、変わらない部分にもいっそう目がいくようになるものだ。

そのおうちには大きな庭があって、たくさんの木々がまるで呼吸をしているように植わっている。それからみごとな畑がある。野菜ってきっとこういうふうに育てられたいんだなと言いたくなるみたいな風情で、ただ自由につやつや育っている。


いったいこの人生で何十年間あのおうちに寄らせてもらっているのだろう？　回数もきっと三十回以上にはなっている。

私はあと何回、あの家の古くて豊かな雰囲気のある玄関に「おじゃまします」と入れるのだろう。庭木や畑にもあいさつをして、みんなで仲良く鍋を囲むことができるのだろう？　全てが有限なことはいつも切ない。大好きだからって毎月行くわけにもいかないし、近所に越すわけにもいかない。ただ、いつだって幸せを願っているだけ。

こんな人間関係を持てたことを、誇りに思う。

自分であること

めったに会わないけれどずっと大好きな絵描きのMちゃんは、私の知っている中でも数少ない「自分を持っている」人だ。

彼女のことをよく知らないいままだけれど、作品が家に飾ってあるのでずっと作品と過ごしてきていて、なんとなく彼女をわかっているように思っている。

私が知っているのは彼女がほんとうにこつこつと細かい線で、めくるめく夢のような世界を描くこと。ひとつのことに集中すると止まらなくなること。いっぺんにいろいろなことはできないこと。大きな音の鳴るクラブが好きだったこと、写真を撮られることとマッサージが嫌いなこと。とても優しい心を持っていて、いつまでも人を待ってあげられること。

初めて会ったのは、まだ時代が少しバブリーな頃だった。みんながつがつと働いて儲(もう)けていたし、上に上がろう上がろう！　という気運が日本を支配していた。

そんな雰囲気の中で仕事で会い、Mちゃんのゆるさに驚いた。通訳で来ているのにすぐ訳するのを忘れてしまってうんうんうなずいているし、高級なジュエリーショップで働いているのに指にはネジみたいな部品みたいなリングをしていたし。

「それって、だれかの作品なんですか？」と私が聞いたら、

「パリで下宿していた先の家で、なにかの工事をしてて出てきたのをもらったんです」と笑顔で指輪をした手を広げた。その表情がとてもきれいだった。

そのあとで彼女は「その下宿先の家の人はシャワーを浴びたあと一滴も水を残さないようにきれいに壁をふいて出るような人なのに、私はいつもびしゃびしゃのまま出てきちゃってて悪かったって後から気づいた」と淡々と言っていた。

みんなが憧れるようなところで働いているんだから、服もちゃんとして、靴もとがったのをはいて、お店で扱っている商品をきっちり購入して身につけて、隙のない生き方をしなくちゃ……というような時代だったからか、私は彼女を見てとてもほっとした。

彼女も常にきちんとした服を着てちゃんと接客していたけれど、どこかに人を安心させる美しいペースがあった。

芸術家は世間の壁に風穴をあける存在であってほしい。でも、風雲児みたいではなく、そうやって、自分のペースで小さな風穴をあけてきれいな風を通してくれたら、それだけでいい。

数年前の夏たまたま、今はもう手放したが葉山にあった私の小さな家で、ＭちゃんとＭちゃんの赤ちゃんと会った。

何を話したわけでもないけど、Ｍちゃんのお母さんになっても全く変わらないペースに感動した。赤ちゃんはその中で泳ぐようにおっとりとしていた。Ｍちゃんは新米ママが必ず言う（もちろん私もたくさん言った）「そろそろおしめを換えなくちゃ」とか「何時にここを出るから逆算して何時にだれと連絡を取らなくちゃ」とかいうことを一切言わず、ただその時間の中で過ごしていた。そして家族から連絡が来たら初めて淡々と動いた。葉山のゆるい海風の中でその母子の佇（たたず）まいがとても美しかったのを覚えている。

変な旅

なんていうことのない旅行が、生涯心に残ることがある。

景色もよく温泉も良くて清潔な宿でごはんもおいしい、という残り方が最上級だとしたら、そういうのではない、マイナス面で残る場合が、妙にいいのだ。

妊娠中に、母と姉といっしょにとある場所の変な宿に泊まってしまった。知人が手配してくれたので文句は言えなかった。

ごはんが黄色いのは炊き込みごはんかと思ったら、単に古かったのである。湯がぬるぬるしているのは、温泉成分ではなくて不潔だったのである。

部屋もほこりっぽく、母が喘息気味になったりして、あんなにうらぶれた気分になったのは久しぶりだった。

でも、今思い出すと、姉が大きな声で「ごはん、ふるっ」と言ったこととか、大き

い お腹の私と生前の母と姉が「こんな淋しい宿に泊まったの久しぶりだねえ」「早く明日が来ないかねえ」と暗い部屋のかび臭いふとんの中で言い合ったことなど、とても懐かしくてただ笑えるのだ。

その後、同じ地域のもう少しいい感じの宿に、母と姉と私と私の産んだ赤ちゃんといっしょに行ったときも、そのひどい思い出が話題になった。あのときはまだこの子はお腹の中にいたね、という感じだった。疲れ果てた私が寝てしまっても赤ちゃんと母と姉がきゃっきゃ言って遊んでいたことも懐かしい。

その三人が夜型なのは生涯変わらない感じがする。母は死の直前まで楽しく夜更かししていたし、姉は今も夜中の三時にナチュラルに電話に「はい、もしもし」と出るし、子どもはなかなか寝ない。夜になったらどんどん元気になっていく彼らにとても太刀打ちできない。

先日、女友だちとある温泉街に行った。お互いに忙しいからゆっくり休もうと決めてほのぼのと旅立った。ホームページを見るとリニューアルしたてということになっていたが、行ってみたらそこは温泉街からずいぶん外れた山奥にあり、なんだかわからないけどどこも真っ暗だった。ムーディなのではなく単に暗い。じゅうたんなどは古いままでしみだらけ、ロビーに至ってはもはや心霊スポットみたいな暗さだったので、こわくて早足で通り過ぎた。そして言ってはなんだが、従業員の方たちのルックスが、ほんとうに水木しげるの絵にそっくりで、面接のときに「水木しげるの描く脇役に似ている」という基準で選んでいるのではないだろうかと思えるくらいだったので、怖さも増した。

番頭さんがにやりと笑って「源泉なのでわかし直しはできません、だから、いちど水を入れすぎるともう元には戻りません……」と言ったときには怖くて気絶しそうになった。

部屋はやたらめったら広くて、寝室からトイレに行こうと思ったら、長い長い暗い廊下を歩かなくてはいけない。

朝よ早く来て！　と思いながらびくびくして寝たので、朝の光を見たときには救われた気持ちにさえなった。

でも、きっとこの旅、後ですごく懐かしく思うんだろうな、としみじみ思った。

あの子の家

久しぶりに遠方の女友だちHちゃんの家に寄った。

前に遊びに行ったときは、彼女に恋人ができる二週間前だった。ちょうど彼女のお誕生日の当日で、友だちはたくさんいるけれど親密にいっしょに過ごす人がいないから、とにかくどこに着ていっていいかわからない服をそれぞれ着て集合しよう、と言われて、スヌーピー柄のオーバーオールというとてもハードルの高い服装で出かけた。途中差し入れを買うときとっても恥ずかしかったけれど、あんな変わった服が日の目を見てほんとうによかったと思う。

Hちゃんは「当時の山口百恵みたいなレトロなワンピース」を着て迎えてくれたけれど、シックでよく似合っていた。

後から他の女友だちも近所の男の子もやってきてそれなりににぎやかに過ごしたけれど、独身だった彼女との話題はやっぱり恋愛で、これからどんな人と出会うのか、今ちょっと好きな人とはどうなるのか、そんな話ばかりしていた。

占いができる女友だちが「でも、きっともうあと二週間くらいで急に彼ができると思うな、そういう星回りだもん」とはっきり言ったのをよく覚えている。

そしてそれはほんとうになった。

伴侶がいない一人暮らしの彼女を見るのはその日が最後だったと思うと、とても感慨深い。そりゃあ、人生はなにが起こるか先のことはわからないものだ。でも、私の知っている彼女はいつもひとりですっくと立っていた。それはそれでとてもすてきな姿だったし、そういう期間に知り合えたからこそ、あんなに夜を徹していろいろなおしゃべりをすることができたのだろう。


家の中は彼とHちゃんの趣味の違うものが混じり合ってそれぞれ一歩も譲らない主張をしていた。前よりも生活の雰囲気があってごちゃごちゃしていたり、テーブルの上もいろんなものがところせましと載っていたり、猫がいちばん大きく場所をとっていたり、変化がたくさんあったから、微笑ましい気持ちで見ていた。

でも、なによりも嬉しかったのは、ちょっとしたときに彼女が背の高い彼の首や肩に、小鳥みたいにちょこんと首を載せたり腕をからませたりする自然な仕草を見ることができたことだった。そうか、私はHちゃんに彼がいない時期に知り合ったんだ、と昔を思い出した。

そんな彼女を初めて見た。そしてHちゃんはとてもきれいになっていた。

前からとてもきれいな人だったけれど、あんなリラックスした表情をする彼女を見ることはなかったし、微妙に色の違うグレーや白を組み合わせた服装もとても美しくてもともと優れていたセンスがいっそう極まっているように思えた。

食べ過ぎてすっかりお腹が出ちゃって、と彼女が言うと、彼が自然に彼女の腹をぽんぽん叩いた。その仕草はちっともいやらしくなくって、ああ、彼女には家族ができたんだなと思った。あたりまえだけれど、どんな時期もすばらしい。あの頃が淋しかったり不幸だったわけじゃない。歳を取るとそういうのがほんとうにわかってくる。

「そこいらへん」の幸せ

ある日曜日、千葉に住む女友だちと、アウトレットの近くの駅で待ち合わせた。ショッピングモールで少し買い物をしてから、各停の電車に乗って少し離れた街に行った。

そこには有名なインド料理店がある。

着いたときにはすっかり暗く駅はとても小さく、駅前にはなんの明かりもなく、まさに旅行をしているような気持ちになった。私たちはよく休日に日本の小さな街に一泊で旅行をする。それとなにも違わなかった。

今はたいていの街の駅に駅ビルがあり、チェーン店の居酒屋やカフェがあり、銀行があり、特産品を売っている……そんな光景に慣れすぎていたので、ほんとうになにもない駅を久しぶりに見た。まるで昭和の時代にタイムスリップしたみたいな不思議な気持ちになった。

子どものとき、家の近所が日曜日の夜に真っ暗になることがとても心細かった。いつもはにぎわっている八百屋さんや、お肉屋さんも、書店もみんな閉まっている。道が暗いし、人がいない。なんて淋しい雰囲気なんだろう、早く明日になればいいのに、そう思った。でも大人になった今はあの暗さが、人々が静かに羽を休めているようなひっそりした雰囲気が恋しくなっていた。

真っ暗な道を、人気（ひとけ）のないお寺の前を、ひたすらに歩いて私たちはそのインド料理屋さんに向かった。ある一角だけ明るくて人がたくさんいて、それがそのお店だった。

「だいたい一時間半待ちです」ということにもびっくりしたけれど、なによりもその店員さんがあまりにも淡々とそれを言ったことに感動をおぼえた。きっとこのお店はいつもこうなんだ、と思った。傲（おご）ってもいないし、申し訳ないという気持ちを過剰に表現することもない。淡々と誇らしくお仕事をしている。そういう感じ。

「となりの待つお部屋で待たれてもいいですし、この場を離れられてもいいです。その場合は電話番号をお書きください」

そう言われたので電話番号を書いて、ちょっと飲めるところを探しに行った。

しかしこれがまた、街中真っ暗でなにもないのである。

暗い道の先に見えた赤ちょうちんの焼き鳥屋さんに入って、焼きなすとアスパラだけ頼んで、ビールを飲んだ。おじさんがカウンターの中にひとりでいてTVを見ていた。きっと昭和の時代から全く改装をしていない古い内装がまた懐かしかった。

そういうなんていうことのないお店こそが、いちばん今この世から消えていっているのかもしれない。ふつうにその店の人がスーパーに買い出しに行って、さっと作るようなお店。特別なお酒もなく、こだわりの生ビールもない。

やがて電話がかかってきて、私たちはインド料理屋さんに入ることができた。店にいるみんながいやな思いをしていないしのんびり待ったからだろう、人々の顔は優しかった。シェフもにこにこしていて、料理の味はすばらしかった。毎日の中にあるそんな小さな旅が、仕事で疲れた体を充電してくれるようだった。

「だんだん」の味わい

私が寝るときになって夜パソコンの前を離れると、老犬のオハナちゃんはジャンプしてソファから飛び降りて寝室についてくる。

そして私がベッドに入るより前にベッドに飛び乗って、真ん中で寝はじめる。

私はなんとかしてオハナちゃんの重い体をずらして、自分の寝場所を確保する。

それがずっと続いてきた私とオハナちゃんの歴史だった。

でも、最近たまに、オハナちゃんはぐっすりと寝ていて、私が寝室に向かったことに気づかないことがある。私はそっとしておいてあげたくって、黙って眠る。

するとしばらくしてきっとオハナちゃんは目を覚まして闇の中で私がもうそこにいないのに気づくのだろう、あわてて階段を上ってきて、ベッドに飛び乗ってくる。

その飛び乗りも三回に一回くらい失敗するようになった。

少しずつ、別れのときが近づいてきているのをお互いに知っている。

やがて、オハナちゃんは自力でベッドに上がれなくなって、ベッドのわきで寝るようになるだろう。そのとき私は寝床を作ってあげるだろう。そしてそのうちオハナちゃんはそこに一日中寝ているようになるのだろう。

どんなに犬を飼ってきても、決して慣れることのない過程だ。

昔はそれが辛くてしかたなく、いやでいやで、考えたくなかった。

でも、今はほんの少しだけ違うのだ。

今のこの幸せを思いつめず「一日でも長く続きますように！」と力んで祈るのでもなく、いっしょに、そうっとそうっと、生きていく。

今日は今日、明日は明日。

そのときが来るまでの時間を少しずつ割っていって、しっかり幸せを味わう。

悲しい変化があるごとに、そのときからの時間をまた小さく割っていく。


あの悲しい時間の中に底知れない豊かさがあることを、もしかしたら私は両親の死の過程を見ていて、知ったのかもしれない。

両親が八十過ぎてから、毎日こわくてしかたなかった。そのときがじわじわと迫ってきているのがこわくて、会いに行くときに必要以上にいっしょうけんめいに心に焼きつけようとした。もしかしたらまだ私が若かったからなのかもしれない。

今だったらあの必死な感じを親に一切見せずに、のんびりとただいっしょに過ごすことに重点を置いたと思う。悪いことをしたけれど大きな学びだったなあと思う。

それに、力もうと力むまいと肉親は肉親。ただなんとなく暮らしてきた体の時間のほうが勝手にいい時間を刻んでくれたような気がする。

その頃の時間の豊かさは今思ってもうっとりするほどだ。両親との関係の果実をいっぱいに手に抱え、持ちきれないような、そんな時間だった。

たくさんの不慮の死を見てきたからこそ、明日はどうなるかわからないことをほんとうに知ったからこそ、その過程を味わえる幸せや長寿のありがたさのほうをほんとうに理解したのだ。

自分が去るときにもそんなふうに毎日を思えたらいいなと思っている。きっとすごくむつかしいことだろうけれど。

夕方がやってくる

若いときは仕事も知り合いも多く、しょっちゅうイタリアに行った。友人たちも若かったから、仕事ついでに日数を延ばして田舎を旅行したりもした。地方によって天候も人の雰囲気も全く違う感じがまるで日本のようだといつも感じた。南北に縦に長い国の特徴だろうか。

ローマやミラノなどの大都会では朝ホテルのカーテンをあけると、ものすごい速さで颯爽（さっそう）と歩きながら通勤する人たちが見える。みなが通勤着に身をつつんで緊張感を持って歩いている。こんなふうに颯爽と歩いていく人たちを東京ではなかなか見ないなあ、といつも思う。もちろん昨日を引きずっている人もいるんだろうけれど、様子としてはおおむね「昨日は終わった、今日は今日、一日の始まりだ」という勢いを感じることができる。

日本の朝は、足は急いでいても心はどんよりしている雰囲気の人が多く、見ていると少ししょげた気持ちになる。

イタリアは失業率もすごいし貧困な人たちは極端に貧困だから、決して条件がものすごく違うわけではない。人間はいつだって苦しいことがあるものだし、悩み深いし、それはどの国でも全く変わらない。

だいたい、もしイタリアの人たちが心底陽気だったら私の本があんなに売れるはずがない。

そして夜。

イタリアの夏はいつまでも暗くならないから、仕事を終えたときまだ空が明るい可能性が高い。それがあのわくわく感を生み出しているのかも、と最近仕事でミラノに行ったときふと思った。もちろんその分冬は真っ暗だけれど……。

夜の八時くらいでもまだ空は明るくて、みな仕事を終えて思い思いに街のバールやトラットリアに立ち寄ってわいわいしゃべったり、家に軽い足どりで向かっていたり。明らかに朝とは違うその雰囲気にこちらの心まで浮き立ってくる。

「家に寄れる時間があったら晩ごはんの前に一度着替えたい」というのがイタリアの

人たちの言うことで、私なんかは「そんなの面倒くさい」と思ってしまうのだが、あれだけ人々のまとっている雰囲気が昼と夜とで違ったら、着替えたい気持ちにもなるかもしれないな、と納得できた。

少し話は違うけれど、たまに沖縄に行くと、夕方五時くらいに飲み始めるおじさんたちがとても陽気なのに気づく。サラリーマンの飲み会で声がすごく大きくても、とっても楽しそうに笑っているからストレスフルな感じがなく不快ではない。その笑顔を見て気持ちが明るくなるほどだ。

明るいうちに仕事を終えられるっていいなあ、と思う。

また、先日直島（なおしま）に行ったときのこと、銭湯を出たらまだ明るくて、路地には古いアメリカっぽい雰囲気のバーがあり、ふらりと立ち寄ってビールを飲んでいたら、夕方の空がだんだんと暗くなって夜がやってくる様がよく見えた。

こんなふうに一日に区切りをつける時間を持つことってまるで瞑想のようだなと、美しい空を見ながら私は思った。今日を確かに生きた実感。現代を生きるのに必要なのはそれかもしれない。

仮住まいの幸せ

前に住んでいた家から新しいうちまでは歩いてほんの二分ほど。

新しいところはどちらかというと落ち着いた雰囲気で、近隣も年配の静かな人たちが多い。座ってものを書くのにとっても合っている。動物たちもすぐなじんでまるで昔から住んでいたようだ。

ああ、ここが私たちの最終目的地だったのか、と素直に思いながら、全く違和感なく暮らしている。

前の家はまるで建て替えの間だけ住む仮の家のようだった。

門はないし、すごい日当たりでいつも真っさらにさらされた海辺のようで、家もほんとうに小さくて、まわりじゅうにいろんな年の子どもたちがいた。夕方になると帰ってきた子どもたちの声でふきんはいっぱいになり、にぎやかになる。それを聞いているのが好きだった。

見えるところに名物おばさんと息子さんがやっている地元のオアシスみたいなコンビニエンスストアがあり、朝も夜も挨拶を交わした。子どももひとりで安心してお菓子を買いに行っていたものだった。

となりの家のおばあちゃんは毎週のように共働きの夫婦を手伝いに九州からやってきて、ベランダで顔を合わせては普通に立ち話をしていた。

なぜかあの仮住まいの日々がちょっと懐かしく愛おしいのだ。

若い家族たちに混ぜてもらっている活気と幸せがそこにはあった。


その小さい家での不思議に楽しい生活を思い出すと、いつも浮かんでくるのは昔実家を建て替えたときにちょっとだけ借りて住んだ、ほんとうに変わった平家のことだ。

たまに思い出すと「あれって夢だったのかな」とさえ思う。

私と姉の部屋はいちばん奥にあって、作りつけの二段ベッドで私たちは寝ていた。ベッドの上下でおしゃべりするのが妙に楽しかった。

まあ、それは別に不思議ではないんだけれど、今も忘れられないのはリビングからその奥の子ども部屋に行くためには、どうしても風呂を通らなくてはいけなかったことだ。

風呂と言っても今のユニットバスのようなものではなく、タイル張りの古い造りで、なぜか一段下がっていた。

なので宿題などやろうと思い子ども部屋に行くには、リビングから一段下がって風呂桶（おけ）と流し場の間のタイル部分を通り、また一段上がって部屋に入るということになる。

もし家族のだれかが風呂に入っていたら、ごめんと言って通り抜けるしかない。足は濡れるし嫌がられるし大変だ。

トイレはリビング側にしかなく、夜中にトイレに行きたくなった場合も同様に真っ暗な風呂を抜けていくのである。これはほんとうにこわかった。

一度風呂の隙間から透明なかたつむりの赤ちゃんがぞろぞろ出てきたときはみんなでぎゃあぎゃあ言いながらつまんで外に出したけれど、透明な殻がタイルに映えてきらきらときれいだったのを覚えている。

今となっては、あのときがいちばん家族でぎゅっといっしょにいたような、楽しかったような、そんな気さえするので、住んでみてよかったと思う。

通じた思い

うちにおじいちゃん猫がいるのだが、前の家でも仮住まいの家でも、どうしても私といっしょに寝てくれなかった。

夫のところばかりに行って、男同士いちゃいちゃしながら寝ている。

焼きもちは焼かなかったけれど、とても不思議だった。

私も彼にごはんをあげているし、昼間いっしょにいるときはなついてゴロゴロいったり、膝に乗ってきたりするのである。

でも、少しだけ距離がある感じがするのだ。

その理由について、私たち家族の間では「ママは犬に好かれすぎているから、猫が寄りつけないんだ。猫がママと仲良くしようとすると、犬が焼きもちを焼いてすっ飛んできてぐいぐい押してくるからだ」という結論に一応なっていた。

それでもなんとなく納得がいかなかった。

あるとき、ふと思いついて、おじいちゃん猫にしみじみと話しかけてみた。

通じてほしいという思いは持たず、たまたまひまだったし目の前に猫がいたから伝えてみようかなと思っただけだった。

「君を拾ったときのことをよく覚えているよ。道に小さな猫がいて、私は持っていたツナの缶詰をあげて、この猫を連れて帰って貰(もら)い手を探さないといけないかなあと思っていたんだ。でもその子猫のお母さんがやってきて、二匹でツナ缶を全部食べてしまった。『よかった、でもなんだか今日は変な予感がするな』と思った。

　次の角を曲がったら人だかりがあって、五匹の子猫がかごに入ってぽんと道に置かれていた。そして『子猫欲しい人にさしあげます』と書いてあった。その場にいた人と話して、私は茶トラの君ともう一匹のメスのキジトラを連れていった。というのも実家の近所でキジトラをすごく欲しがっていた人がいたから。そして実家に寄った私はキジトラを置いて君だけ連れて帰ってきた。

　きっと私に急に抱きあげられてこわかったよね。それからずっとくっついていたきょうだいと急に引き離されて、大きな犬がいるうちにやってきていやだったよね。でもしかたなかったんだ。前に住んでいた家では動物を三匹までしか飼ってはいけなくて、すでに犬が二匹いたから、君の妹までは連れて帰ってこられなかったんだ。

きっと君は私をこわい人だというふうに、心の底で結びつけていると思うんだけれど、違うんだ。あのまま置いておいたら君は車にひかれてしまいそうだったから、あわてて抱きあげてしまったけど、ほんとうにいっしょに暮らしたくてのことだったし、君の妹は今よその家で幸せになっているから。うちではどうしても飼えなくて、ほんとうにごめんよ。私は君をさらったんではないんだよ」

すると、なんとその三日後から急にそのおじいちゃん猫は私といっしょに寝てくれるようになったのだ。

なんでそこで三日かかったのかはわからないけれど、人間と違って動物ってなんてすばらしいんだろう、通じたらたったそれだけで十年のしこりを忘れて行動できるんだ、と思った。もし私ならもっとぐずぐず悩んでしまいそうだ。

段取りの恐怖

私の母は熱狂的な段取り魔で、旅行に行こうものなら朝から晩まで、列車の時刻を含めて全部スケジュールを紙に書いて、そのとおりに実行するのが全てだ！　みたいな性質の人だった。

ある程度達成感もあるし、自分でいろいろ考えなくていいからありがたかったが、翌日みやげものを買いに行くなど、先方のつごうで時間がずれかねないようなできごとがあると大変な回数のリマインドをするものだから、家族はたいへんだった。

「やっといて」と投げてくれればまだいいのだが、母は人に任せても相手がやりとげるまで心配でしかたないという面倒なタイプだった。私は寝たふりをしたり逃げたり伝票だけちょっと書いたりいろいろ要領よくやっていたが、律儀で優しい姉はたいへんだったと思う。

体が弱かった母にとっては体調のことを考えると、翌日のあれこれが不安でしかたなかったのだろう。

ルーズな私だが変なところだけ母に似ていて、よくぶつぶつと口に出しながら翌日の予定を何回もリマインドする。これは神経質というよりも単にアホなだけで、本気で忘れてしまいそうでこわいのである。いつでもほとんど独り言なんだけれど、聞かされるまわりはかなわないだろうと思う。申し訳ない。

私には男の子しか生まれなかったので、家では男だけに囲まれているからほんとうにだれも相手にしてくれない。そうしたら私からだんだんそのリマインド&神経質な予定立てのくせが取れてきた。少しずつなのだが、変わってきたのだ。忘れても大丈夫とは思わないが少しだけゆるくなった。

愛情をもって、しかしとことん相手にしないというのは、ひとつのコツのような気がする。

今日もタクシーに乗り「あんたを駅で落として、そのあと私は家に向かうから、先方に着いたら知らせて」というのを何回も言ったら「何回言えば気がすむんだよ」と言われた。

しかし彼はタクシーに乗るとき、自分が先に降りるのに平気で奥に乗ろうとしているような、超段取り無視派なのだ。そういう息子が生まれたこともなにかの学びだと思うようにしよう……。

その組み合わせなので、お互いの悪いところが強化されることには違いないのだが、気づかされることも多い。

今の家族で旅行に行くと特に目的がないときはつい名所を見に行ってしまうのだが、考えてみたらそんなに名所が好きなわけではない。

ローマでコロッセオやバチカンをわざわざ見に行くよりも、なにかのついでに建物の隙間からちょっと見えてしまうときのそれらのほうが感動した。たまたまいつも行っていたバールの近くにあるから寄ろうかとふらりと見たパンテオンに、わざわざ行ったよりもずっと胸打たれた。朝のコーヒーの延長に偉大な建物があったからだ。

「今日はそのへんをふらふらしない？」と段取りにこだわらずに言う息子のほうが、いい旅を知っているのかもしれない。

いつかほんとうに、なにも予定のない旅を家族でしてみたいと思う。

天国の母がすごくいらいらしそうな旅を。

遠い日々、あの丘

まだ両親が生きていた頃、湯河原に行った帰りに懐かしい土肥の街に寄ってみた。何十年も通った宿の部屋が空いていたので、いっしょだった友人とまだ小さかった私の息子と三人で並んで寝た。

私が幼い頃からいつも家族と過ごしていた全く同じその部屋に、両親と姉がいないのはとても不思議な感じがした。

朝ごはんも全く変わっていなくて、いつものメニューで同じ味なのに、顔を上げると両親と姉がいないのである。ごはんをよそるタイミングさえ体にしみついているのに「お父さんイカ好きでしょう、イカ刺しあげるよ」と言えないし「お茶ちょうだい」という母もいない。姉が洗濯物を取り込んだりもしていない。

そのとき私の両親はほぼ寝たきりだったが、実家に行けばまだ会えた。土肥に行ってきたよと言えば、そうかと答えてくれた。姉とは今も懐かしいねと言い合うけれど、もういっしょに土肥には行かない。
あの日の私はもう四十過ぎていたのに子どもだったと思う。たくさんの受け止めてくれる場所を持っていた。今は違う。自分の戻るところは自分だけだ。だからこそ周りに優しくできる。つまり、少しだけ大人になったのだろう。
一方、私の中の小さな子どもはそのまま私の中に生きていて、夏になれば家族と判で押したような海の生活を幸せに続けているに違いない。

その旅の帰りに私たちは三島に寄った。タクシーの運転手さん（とても優しく運転がうまい女性だった）も交えてピザを食べて、きれいなところだねえと笑い合った。フォトミュージアムや美術館や文学館のあるその「クレマチスの丘」は新しくできたばかりだった。たくさんのクレマチス、散歩できる庭、おいしい焼きたてのピザ。三島の新名所だと喜んだ。

それから数年後、私はそのすぐそばにある三島のがんセンターに最後の入院をしている別の友だちをお見舞いに行った。足が震えるほどこわかったけれど、友だちはもっとこわいだろうと思ったから、勇気を出して病室に入った。

元気だった彼女とよくクレマチスの丘の話をした。がんセンターに検診に行った帰りに寄ったと彼女は言った。ピザがおいしかったよ、と。

私たちは毎日メールでやりとりをしていた。おはようだけとか、元気？　だけとかの日もあったけれど。あるときメールが来なくなり、いやな予感がして……彼女のお母さんに電話をかけ、彼女がもう病院を出られない入院をしていることを知った。

病院に着く直前に、私は懐かしいクレマチスの丘の看板を見た。いくらお見舞いに来ても、いっしょにそこに出かけることはもうできないという事実が胸に迫ってきた。「退院したら温泉にでも行こう」と言っても、彼女はうなずいてくれなかった。知っていたのだろう。

あの日、彼女の病室の窓から見た駐車場と山の眺めを一生忘れない。私の知らない顔をした三島だった。

それでもいつか私はあの丘にだれかとまた行き笑顔を見せるだろう。それが人生の哀しみであり、いいところでもある。そう思う以外に、心の行き場がない。

体の記憶

ヨーロッパの寒い国に、秋から冬に行ったときだけ思い出す、ある気持ちがある。

空がとても高く風は冷たく、夜道は真っ暗。とても淋しいのに全てが美しく見えるあの気持ち。

自分はひとりでもここにいるという不思議と強さがある気持ちだ。

私は同じ気持ちをいつどこで感じたのか考えてみた。

それは幼い頃の秋に感じた気持ちだとわかった。


夏休みで帰省していた姉が、秋になればまた大学のある京都へ行ってしまう。

急に空が高くなり、風が冷たくなる。秋の初めにあるお祭りに家族や同級生といっしょに行くんだけれど、姉が家にいなくてがらんとしていることと、なんだか急に夏が終わってしまったことが重なってなんとなく気持ちは浮かない。

おいおい泣きたいような気持ちまではいかず、だれかに打ち明けたいほどの苦しみでもない。でも切ないし苦しいしなによりも淋しくてしかたない。

あのときの気持ちに、ヨーロッパの秋は似ているのだった。

ヨーロッパの人たちが作り出している独特のゆっくりした、または行き場のないようなテンポは、東京とは違う。

今の東京は、風が冷たいから淋しいなどと思っていたら、置いていかれてしまうような忙しさだ。

でも、当時の東京にはまだそんなふうに感情がゆっくりと空中をさまよっていくのを見ている隙間みたいなものがたくさんあった気がする。

日曜日にただ窓の外を見ていただけで一日が終わってしまい、なんとなく虚しくなる、そんな気持ちがもっと豊かに生きていたような気がする。

もしかしたらそれは私の年齢のせいで、若い人たちは今もそんなふうに豊かな時間を許されているのかもしれない。

でも、たったひとつ違うと言い切れることは、今の時代はその気持ちをなにかに結びつけ成長させせないといけない雰囲気にあふれているということだ。予定がないこと、淋しいこと、会いたい人に会えないこと、そんな気持ちはなるべくないほうがいいと、なにかに置き換えたり、習い事をしたり、前向きに行動したりしないとだめなような、そんな空気があるということだ。

もちろん悩みながらなんとなく暗い気持ちで家でごろごろしているのは、当時から別に推奨されてはいなかった。

でも、そういうときってあるよねという程度ですんだような気がする。楽だったなあ。

いつか、十一月のトスカーナ地方に、イタリア在住の友人たちと旅をしたことがある。思えばすでにその頃から私は無邪気さを失いつつあったが、友人たちも若く今に比べてずっと時間があり、ぶらりとした旅を好んでよく出歩いていた。

今はお互いに働き盛りの年齢になってしまい、あまりにも忙しすぎて会うことさえままならない。ただひたすらに香水の香りを嗅いだり、小さな街の裏道を歩き続けたり、見知らぬ素朴な教会を見物して回ったりしていた頃が、今となっては懐かしい。

あのときも空は高く、同じように人生の淋しさはしみてきていたのだが。

黄昏のコメダ

義理のお父さん（入籍してないけど）のおうちのそばに、大きなチェーン店のカフェができた。昔よく名古屋に行っていたときお世話になった、なんでもたっぷり出てきて長居しても怒られない感じのいいお店だ。

地方に行くと大きなモールとか巨大なカフェチェーン店ばかりがあり、そこにしかなかなか行けないから、地元の小さいお店を見て回らなくなったなと思っていたから、初めは「ここにもできたのか」くらいにしか思っていなかった。

これはとても伝わりにくい話なのだが、百万人と同じような行動をしていても、その人の人生はその人しだいだし、その人の味で営まれているはずだ。

ひとりひとりの人生はたとえ家族といえども全く違う。

そのことをふだん私たちはうっかり忘れて、自分から色のない人生に飛び込んでしまうことがある。そして退屈を覚えたりするのだ。

もし私がその地方に住む受験生で、毎日が代わりばえしない勉強の日々、恋人もいない状態であのカフェに行ったら全然気持ちは違うんだろうと思う。きっとまわりのすべてがグレーに見え、メニューにも飽きて、自分の人生ってなんてつまらないんだろうと思うかもしれない。

その店舗にはひとり、考えられないくらい感じのいいバイトのお嬢さんがいる。すごい美人というわけではないんだけれど、とにかく輝くような笑顔で話しかけてくれるのだ。

あるとき、夫が義理のお父さんの体を整えるべく施術をするというので、息子と私はじゃあ近所の日帰り温泉にでも行こうかと家を出た。

思い浮かべたことを当てる超能力ごっこをしながら夕方の道をのんびり歩き、日帰り温泉でさっぱりとして、冷たいものでも飲もうかとそのカフェに向かった。

まわりにあまり建物がない国道のわきのだだっ広い道、夕方のきれいなピンクの雲の下、カフェの明かりはすぐ近くに見えるけれど実際は歩いて五分くらいかかる。その広々した感じは東京ではなかなか味わえないものだった。

涼しい風がゆだって火照(ほて)った顔を冷やし、その笑顔いっぱいのお姉さんに迎えられて広々したソファの席に座り、お互いに好きな本を読みながらたっぷりしたジュースやかき氷を楽しんだ。

これからみんなでごはんを食べに行こう、そういう気持ちで座っていたのもよかった。

まるでそのカフェの宣伝みたいな文章だけれど、そういうことではない。

なんていうことがないからこそなによりもすばらしい、そういうことだ。その近所には少し車を走らせれば秘湯もあるし滝もある。牧場もあるし、きれいな林もある。

でも、私と息子にとって、気分がよくて空が晴れていたら、好きな人たちといたら、なんの変哲もないその夕方がなによりも美しいものだったのだ。

「あの日、お風呂まで歩いて行ったのが妙に楽しかった」

と息子はずっとあとでぽつりと行った。ふたりが同じように感じていたことも、とても嬉しかった。

昼のジンギスカン

北海道の十勝に家族で二泊の旅をしたとき、あまりにもホテルの地元の食材を使ったごはんがおいしいから、毎晩ホテルでごはんを食べることにしたんだけれど、心残りは本場のジンギスカンを食べにいけないことだった。

病に倒れた知人のご主人をお見舞いするために決めた旅だったのだが、知人に急に仕事が入ってしまい会えなくなったので、単なる休暇になってしまった。いつも十分刻みで予定が入っているような私にとっては、そのぽかんと空いた数時間は神の計らいだったのかもしれない。ぼーっと温泉に入って、バーカウンターで無料の生ビールを飲んで真っ赤になっていた私たちのところに、件（くだん）の知人が立ち寄ってくれた。

ご主人が病気でなかなか家を空けられないのに、さらには仕事帰りで疲れているだろうに、みんな元気でのんびり温泉に入ってビールを飲んでいる私たちを憎たらしく思ってもいいくらいなのに、知人は心からの笑顔で淡々と今の毎日を語り（病気の進み具合を把握していて、変に希望を持つことができないからこそ、わかっている道をゆっくり進んでくれたらいいなと思って……）、手作りのおいしいジャムや近所で評判のヨーグルトを私たちにくれて、ぎゅっとハグを交わしてさっと帰っていった。

だれの人生にも等しくたいへんな時期と平和な時期があることを知りぬいた年齢にならないと、できないような交流なのかもしれない。

「だれもが同じで、だからこそ今のあなたが妬ましい」というのではない。

「だれもが同じだからこそ、それぞれの今を祝福して精一杯生きるしかない」ということを、わかり合っているということだ。

その祝福の気持ちが、たいへんなときを乗り切るための貯金になる。

ジンギスカンのおいしいお店について、知人もホテルの人も、口を揃えて同じ店の名前をあげた。私は「でもね、私たち晩ご飯はホテルでいただくので、昼しかないんだよ、昼にジンギスカンって、開いているのかなあ？」と言ったが、なんとそのお店は昼しかやっていないという。

今でこそ東京でも焼肉屋さんがランチをやっているが、昔から肉を焼く店は夜だけというイメージがあったので、平日でも昼しかやっていないなんて、なんて強気な！

とびっくりした。

翌日の昼に車を飛ばして行ってみたら、なんとそのお店は満席だった。家族連れ、主婦仲間、子連れのママ友、仕事のお昼休みの男たち、みんながものすごい勢いで羊を焼いて食べていた。ものすごい活気、そしてメニューはジンギスカンのみという潔さ。

私たちはちょうどいいタイミングで着いたので並ばなかったけれど、後から後からひっきりなしに人が来ては、猛然と肉を食べて帰っていった。

あまりの自然の多さに窓には普通にハエがぶんぶん寄ってきて、外は一面の畑。土は黒く、空はどこまでも青い。

この街に生まれて、昼にジンギスカンを食べ、大きな空の下で暮らし、だれかを愛して看病していく美しい人生のことをふと思った。

インドの空気

向こうでは大丈夫だったけれど、帰国したらやっぱりお腹をこわした。すごく気をつけていたんだけれど、しかたないなあと思う。インドの洗礼だ。帰国してからの一週間は脱水で目の前が薄暗く見えた。それもまた旅の一部。

ちゃんとお湯が出る高級な宿に泊まって、一日の埃(ほこり)をしっかり洗い流しきれいなシーツのベッドに眠れたので、そんなに疲れもたまらなかった。中年になるとそういう旅しかできなくなるが、それもまた旅の良さだと思う。自分の毎日の習慣を持って歩きたいのが人間だから、どこにいようとある程度は同じだ。私にはもうバックパッカーの宿はきついけれど、超高級ホテルも違う意味できついのだ。自分にちょうどいいところをなるべく見つけるようにしている。

あまりにもいろいろなところに仕事で行き過ぎて、私はもう荷物を解くのもパスポートを管理するのも外貨を日本円に換算するのにも疲れてしまっている。

また旅が新鮮に思えるまで、しばらく日本を満喫したい、そんな気持ちもありながら淡々と行った久しぶりのインドはやっぱりすてきだった。

目に入る色彩と緑と花が鮮やかなのに、不思議とのんびりとした甘いような気持ちになるのもあの国の特徴だ。夜はすごく深く朝はゆっくりとみずみずしくやってくる。でもなぜか全ての印象が少し淡いのだ。どぎついものは意外にそんなにない。全てがもっと静かなのだ。

到着した日、同じ宿に先に入っていた写真家のNさんがサプライズで私の誕生祝いをしてくれた。ホテルでいちばん豪華なケーキと、日本から持ってきてくれた飾りつけやおいしいお茶。旅の始まりの嬉しさと重なってとても幸せだった。

そのときの写真の展覧会がうちの近所で開かれていたので、さっそく遊びに行った。同じ街で同じように過ごしていたはずなのに、Nさんの写真に写っているインドは全然違う光や風に満ちていた。さすがプロだと感心すると同時に、その美しい写真たちを支えていたのはあのとき交わした会話や、笑顔、いっしょに食べたごはんの数々なんだなと思うとなんだか誇らしかった。

朝ごはんのビュッフェ会場に待ち合わせては、今日はなにを食べる？　とお互いに見知らぬ食べ物に対して作戦を練りあったり、恐ろしく汚いトイレに声をかけあったり荷物を持ちあってがんばって入ったり、ふりおとされそうなリキシャに必死でつかまりながら写真を撮りあったり、スーパーで石鹸(せっけん)やシャンプーを選びあったりした、そんななにげない時間が彼女の写真の後ろに流れているようだった。

全ての旅は一生に一度しかないというあたりまえのことを、私はすっかり忘れそうになっている。これまでの旅をゆっくり振り返ったり、そこで得たものを思い出したり、そんなこともしたいな、これからはそういうのも大事にしていこうと少し甘いあの空の色を思いながらしみじみ考えていた。

がんこもの

私は昔からいい子ぶりっこで、医者や弁護士みたいな人たちが言うことはみなもっともに聞こえてしまう。そして満面の笑みを浮かべて言うことを聞いたあげくに、後から「待てよ?」と思って疑問が噴き出してきて離反する、そういうタイプ。あなたのまわりにもきっといるでしょう? 別に好かれたいわけではなくて、いったん全身で参加してみないと疑問点がわからないという、ただそれだけなんだけれど、相手にしたら「さっきまですごい同意の光線を感じていたのになぜに急に?」ということになり、かなり迷惑な話だろう。

そして私の夫はそういうタイプではない。納得いくまで目の前で掘り下げていくタイプで、おいおい、やめてくれよ～! と思ったこともよくある。

もしこれを読んでいる人にその職業の人がいたらほんとうに申し訳ないけれど、別に否定しているわけではないので、気にしないでほしい。この世にはいろいろな仕事があり理念がある。それぞれを尊重し合うのがいいと思うから。

私は高齢出産で子どもを産んだが、子どもが大きすぎたのと自分が不器用だったので股の靭帯(じんたい)が伸びてひどい捻挫(ねんざ)みたいなことになった。もちろん歩けない状態になり、赤ん坊が泣いても立ち上がれずけっこうたいへんな数ヶ月を送ったのだが、入院中の病室にいきなり哺乳瓶の消毒液の営業婦人たちがやってきた。

サンプルをたくさん持って明るい笑顔で病室に入ってきて、「おめでとうございます」と言われ、そこからすぐスタートするドアを背にした営業、私はただでさえ歩けないわけで、さらに横には乳児。内心「むむ、これがほんとうの雪隠詰めじゃな」と思っていた。

「今どきは病院も苦しいから、多分提携することでなにがしか良いこともあるのだろう、善きかな善きかな」とも思って、私は鷹揚(おうよう)な笑顔で説明を聞いていた。

すると横にいた夫がいきなり「自分は化学を専攻していたので殺菌には詳しい。この場合の殺菌は煮沸とうちにあるアルコールで充分である」というようなことを激しく言い始めたのでびっくりした。

ええじゃないか、サンプルをもらって、申し込みをしないで、この場は丸く収めておけば。向こうだって全員に絶対買わせるとは思ってないから。

……と思って私は聞いていたが、あまりの理路整然とした攻撃に先方はびっくりして、サンプルを置いてそそくさと帰っていってしまった。

さすがオレオレ詐欺の人が「父さんオレだけど」と電話してきたときに「きさまはなんだ！」とだけ言って電話をビシッと切ったという強者(つわもの)のお父さんの息子である。

私は別に自分の調子の良さを反省するでもなく、自分のやり方のほうが円滑だよと押しつけるでもなく、「すごいなあ！　この違い」とただしみじみと思い、ほれぼれとするほどの違いをただ眺めて賞賛したかった。

この距離感と、次々に面白いことをしてくれることへの期待こそが、全ての人間関係に通じる秘訣(ひけつ)だという気がする。

優先順位

よくイラストの仕事をお願いするTくんというタイ人のかなり歳下の友だちがいる。彼の絵は懐かしくかわいいタッチで、親しみやすい上優れている。彼本人のたたずまいも品があり、言うことはユーモラスながらどこか哲学的だ。なので日本に彼のファンはとても多い。

彼の考え方生き方にハッとさせられたことが何回もある。彼の考え方、生き方そのものに独自の道があり、いつも忘れていた大切なことを思い出させてくれるのだ。

言うべきことは小説やエッセイで伝えているし向いていないので、私は講演会をほとんどやっていない。公開対談ならたまにやることがある。

その後はたいていお約束のようにサイン会になる。会場で本を販売し、買った人にはサインをするということだ。

私はそれが恥ずかしくて「いっそはじめから販売会と書いてくれたらいいのに」と思いながら、家にあった本を持ってきた人にもなるべくサインをするようにしている。いっそ販売をやめてしまえば？　と思うんだけれど、自分も人の講演会に行ったときに、最新刊を会場で買えてサインまでいただけて嬉しい！　という経験があるだけに、どうにもやめられない。

そしてとてもありがたいことではあるのだが、サインを求める人が大勢いてちょっとずつでも個人的に話をした場合、どうしても時間が長くなる。私自身はマシンみたいにただただ流れ作業でサインをするよりも、そうして話したりしながらのほうが好きなんだけれど、会場を閉める都合だとか、打ち上げの食事会の予約の時間だとかがあって、いつもなんとなくあせりぎみになる。

あるとき、自分の講演会を終えたばかりのTくんにあいさつをしに行った。

「おお！　来てくれてありがとう、おばちゃん！」としばらく会っていなかったのに、親戚みたいに笑顔でそう呼んでハグしてくれたのがすごく嬉しかった。

そこに会場の人がやってきて「これからサイン会が始まります。けっこうたくさんの列ができているんですけれどどうしましょう、時間で切りますか？」とあせりぎみに言った。

Ｔくんは落ち着いた様子で「別にいい。最後の人までふつうに時間をかけてやればいいから」と言った。

会場の人はもっと言いにくそうに言った。

「会場を閉めなくてはいけない時間が十時までなのです、それを過ぎるようなら打ち切っていただくしかないのですが……」

すると、Ｔくんは淡々とした調子で答えた。

「そうしたら外で続きをやればいい。階段とかで。外で待つのがいやな人は帰っちゃうかもしれないけど、残る人がいるなら終わるまでやるよ」

単純だし正しいが、実践はむずかしいこと。その淡々とした態度に感動した。

私ならとにかくあたふたして、いろいろな人の予定や都合を気にして全部中途半端にやってしまいそうなことを、彼はしっかり受け止めていた。力んでなく使命感もなかった。この姿勢こそが彼の幸せな絵の世界を支えているんだ、と思った。

それからは私も、たとえ会場が閉まるぎりぎりまでかかっても、待っていてくれた人には最後のひとりまで、サインをするようになった。

お弁当道

よく考えてみたら（個人差があるから、そうでないおうちを決して否定してはいません）、三歳やそこいらの子どもがそんなにきちんと三食食べるわけがなかったのだ。もう少し早くにそのことに気づけばよかった。

朝ごはんを食べないで出ていった子どもが心配で、ついしっかりとお弁当を作ってしまう。だが、当然のように息子は遊びに夢中で、あるいはおやつばっかりつまみぐいして、お弁当なんてろくに食べずに残してくる。ほとんど徹夜で白目をむきながら作ったお弁当はほとんどがムダだった。

その経験から、お弁当を作るのが苦手でしかたなかった。睡眠時間が三時間くらいしかないのに、さらに早起きして作っていたというのも苦手の一因だろうと思う。

作り置きをしてみたり、作ったものを冷凍したり、日の丸弁当にしてみたり、子どもの好物のパッションフルーツばっかり弁当にしてみたり……いろいろなことをしたけれど、忙しくて仕事もやっとこなしている上に両親の入院が重なっていた時期で、なにも楽しめなかった。

やがて彼はものすごく朝が早い幼稚園から、朝が遅くていい小学校に通うようになった。そして初めの数年こそみっちりお弁当だったが、売店でパンやカップ麺を買って食べるのが楽しいという年齢に達した。

私は嬉しかった。やっといろいろな食材を使いまわさなくていい毎日が始まったのだ！　と。

しかし、毎日お昼代を渡すとけっこうな額になってしまう。栄養も偏っている気がしてならなかった。

そこでちょっとがんばってたまにお弁当を作るか、と思ってまた作り始めたら、彼がちゃんと食べてくるようになった上、自分も慣れているから楽しくなってきて、おいしいお弁当ができるいいリズムになってきた。

嘘みたいに簡素なお弁当だ。ごはんにおかず数品、揚げ物なし、毎日卵焼きか目玉焼きか炒り卵がメインのおかず、ただし温かいお味噌汁がついています、というだけ。

私が出張旅行帰りなどで冷蔵庫になにもないときは、買って食べてもらえるとなるとますます気が楽だ。

こういう全てのことが、子どもが十歳過ぎないとなにひとつ現実的でなかったことを、今気づいた。十歳未満だったらほんとうにかんたんなものでよかったんだと悟った。


私の周りには料理研究家やシェフが多くて、彼らがお子さんに作る豪華な遠足弁当の話なんて聞くとうらやましく、私がその家の子になりたいくらい。うちの子には申し訳なかったなあと思う。

でも晩ごはんの残りものにちょっと手を加えただけのお弁当でもうちの味だし、素材はみんな毎日お母さんが吟味して選んだものばかりだから安心だし、まあいいじゃないかと思うようにしている。

いちばんよかったのは、あんなに大嫌いだったことが少し好きになったという大きな変化を自分の中に見たこと。

適した時期、方法、工夫があれば、どんなことにも魔法がかかり、良いリズムができることを知ったことだ。

ファッションと私

若いときは、どんな服を買っていいのか全然わからなかった。

そもそも私の実家の家族は特別洋服にとんちゃくするタイプではなく、着られればいい、快適であればいい、みっともなくなければいい、みたいな感じだったからしかたない。

父に至っては上野の松坂屋か動坂下（どうざかした）の洋品店でしか服を買っていなかったくらいだ。私が「かわいいコートがほしい」と言ったら、問答無用でアメ横のアーミーの店で軍用のカーキ色のコートを買ってくれたくらいだ（確かに丈夫で長持ちはしたけどさ）……。

その反動で、独立してからはアホみたいに服をたくさん買った。なんでもかんでも着てみたかったから、今のスタイル（すごく安く見える上に実際安い服を、こつこつと買ってきた大好きなコムデギャルソンにむりやり組み合わせて、年配の人に怒られるくらいのだらしない着方で着るという、いちいち書くと悲しくなるようなスタイルだ）を確立するまではすごく高い勉強代を払ったと思う。

ブランドもののカバンなども一通り買ってみたし、コンサバティブな服装に憧れてそのような路線を試みたりもした。石とデザインの関係についてどうしても自分と同じ考えの人を探したくて、ジュエリーの世界にも分け入っていった。理想のデザイナー、マルコム・ベッツくんを見つけたから気が済んで、そちらはもう落ち着いている。

おかげでいろいろな人に似合うものをアドバイスできるようになったし、作中の人たちの服装も頭の中できっちり描けるのでリアリティがある書き方ができる。ストッキングをはく毎日を送っている人と、デニムにパーカーの人では、動き方からして違うのだから。

今になればはっきりとわかるのだが、私は自分がおしゃれをしたいわけではなくて、いろんな人のおしゃれを見るのが好きなのだ。

その人がその人らしい服をその人だけのスタイルで着て表現しているのを見ていると、センスが絶妙な部分を見つけるたびに拍手したくなったり、写真に撮っておきたくなる。そして後からその気持ちの秘密を自分なりに想像したり考えたりするのが好きなのだ。

それでも服や持ち物はその人自身だと思うから、自分の好きなものを手にしたかった。仕事と仕事の合間にできるわずかな時間に、ひとりで素早くやたらにたくさん買い物をした。ハンティングする喜びでストレスを解消していたのだろう。

人生五十年も過ぎると、だんだんまわりにほんとうにすてきな服やカバンを創ることができる知人が増えてくる。応援してあげたい気持ちもあるし、縁がある人が創るだけに自分の好きなものだから喜んで買える。私のところにこの品物が来るということが、創った人にもわかっているものばかり。

そういうものがだんだんタンスの中に増えてくると、豊かな人生だなあと幸せになる。あの頃のお金がかかった自分も嫌いではないが、今の、有名ではないかもしれないが縁のあるすばらしいものたちに、いつも優しく囲まれている自分になれてよかったと思う。

日本茶休憩

実家ではお茶をいれる係は私だった。父が「さすが元茶道部だなあ、君のお茶はおいしい」といつも言ってくれたのが嬉しかったけれど、茶道部では煎茶はいれたことがないのだ。抹茶だけだよ！　と内心思っていたけれど、まあいいかと思ってそのままにしていた。

日本茶は、茶葉を気持ち多めに入れて、お湯をあまり熱くしないで、とにかくあせらないでいれれば、必ずおいしくはいるのである。

父のお仏壇にもたまに、全く同じようにいれたお茶を供えるときがある。

いつもの父の声が聞こえてきそうで、懐かしくなる。

所沢に住んでいた母の親友もいつも私にお茶を送ってくれた。お茶の包みが実家に届き、私の分を持ち帰ることが何十年も続いていた。

母の親友は去年この世を去り、もういつものお茶は飲めなくなった。どんなときにも姉と私を見守ってくれたもうひとりのお母さんみたいな人だった。最後に送られてきたお茶はとっくに賞味期限を過ぎているけれど、私はまだ捨てられずにいる。きっとこのままずっと飾っておくんだと思う。

今の場所に越してきたのも、そもそもは近所に日本茶喫茶があるからだった。子どもを抱っこしてふらふら散歩していたら、そのお店を見つけた。水槽にいた大きな金魚を眺めながらちょっと休憩していたら、いつかこのへんに住むような気がふっとした。そしてそれはその通りになって、私は今も同じ界隈をうろうろしている。こんなふうにちょっと休めるお店があるなんて、この街はいいところだなと思ったのだ。

日本茶喫茶のすぐ近所に特別なかき氷がある安くておいしいビストロがあり、私たち家族にとって、そのビストロと日本茶喫茶に行くのは黄金のコースだった。忙しくてなかなかそうはいかなかったけれど、なにもない休日には少しぜいたくをしてゆっくりそこを巡った。

子どもが小さくていろいろ動きがままならない日常のあせりを、そっとしずめてくれる街角だった。今はもうビストロは越してしまったし、開発でいろいろなことが変化してしまったけれど、ちょっとのんびりした雰囲気は変わらない。そこにはまだ日本一好きなタイ料理屋さんがあるから、幸せな場所であることには変わりがない。

日本茶喫茶のお姉さんがいれたお茶はあまりにもおいしくて、お茶の良さを再認識した。いつものんびりメールチェックをしたり、本を読んだりした。スーパーから重い荷物を持って帰ってくるとちょうど休憩したくなる場所にそのお店がある。そっと肉や魚や野菜を置いて、痛い腕を伸ばして一息つく。

そのお姉さんは別のお店に行ってしまったが、お店はまだそこにある。オーナーのおじさんが同じようにおいしいお茶をいれてくれるので、変わらずによく通っている。

しかも最近向かいの酒屋さんが生ビールの立ち飲みを始めて、この街角はさらに極楽に近づいた！

そんな楽しみで充分だなあとしみじみする。そういうことがだれにとってもあるといいと思う。

あたりまえのこと

口に出すのもはばかられるようなへなちょこさと頻度で、ボクシングジムに籍を置いている。

「ボクササイズはちょっと違うな」と思って、ほんもののジムに行ったら、自分ができるかどうかではなく見ているだけであまりにも面白くて、なんとなく入会しただけのほぼペーパー会員だ。

そこにはもちろんプロたちやすごいトレーナーたちがいる。試合前の緊張感あふるるトレーニングなんてかっこよすぎてもう「これ、見せてもらっていいんですか？」という感じ。

縄跳びをしているふり、あるいは縄のよじれを直しているふりをしながらスパーリングを眺めるというのが、私のボクシングである。

ちなみにパンチングボールをちゃんと打てたことなんて一度もない（自慢すべきな

のかなあ）！

となりの人がダダダダダという音を出している横で、ぽんぽこぽんぽこやっているので、トレーニング中でずっと厳しい顔の人もつい頬をゆるめている（いいことなのかなあ）。

ちょっとでもひまができたら横になりたい私と違って、すごいふくらはぎや割れた腹の彼らは五分でも時間ができると筋トレをしはじめる！　体型が違って当然だ。会話からもいろいろな余計なものがそぎ落とされているのも気持ちがいい。

それにしても、その「運動が人生だ」を生きてきたプロの人たちが私を見る目！　自意識過剰なのではなく、素直な人たちだけにほんとうにはっきりと顔に書いてあるのである。

「こんなにも運動できない人って、この世にいるんだな〜！　自分がこうでなくてよかった。かわいそうに……」と。

ちなみにだれも私が作家だとは知らない。ジャンルが違いすぎて気づかれてもいない。

こう見えてわりと文章はうまいんですよ、と心の中で小さく反論したりしている。

「初心にかえる」以前の地位にいるので、謙虚さというか卑屈さというか、そういう

もの も学べて作家としても井の中の蛙にならなくていいのではないだろうか。

受付のおばあちゃんは美人でおっとりしていて、みんなのマドンナみたい。会長もすごくおばあちゃんを大切にしている。そこがまたそのジムのすてきなところだ。

ある日、おばあちゃんに声をかけられた。

「吉本さん、あまりいらっしゃれないでしょう？」

いよいよ退会をうながされるのかなあ、と思って私がどっきりしていたら、おばあちゃんは続けた。

「それだったらね、もう少し安くなる形があるのよ。五回に一回二千いくら払う感じになるんだけど……今まで言わなくてごめんなさいね。よかったら来月からそういうふうにしておきますよ」

とても優しい笑顔で、おばあちゃんは言った。

それはもしかしたらあたりまえのことなのかもしれない。でも久しぶりの感じがした。「甘い言葉で入会させて、退会はすごく面倒なシステム、なるべく気づかせずに少しでも多くお金を払わせる」というのがスタンダードになってしまった今の社会で、光り輝くあたりまえさだった。

郷土愛

さっと作ってさっと読める、そういう本もあっていい。そういう本はお刺身みたいなものだ。人の思考は練りに練ったときよりも、反射的に出たもののほうがその人の本質を表していたりするので興味深いし、意味はあると思う。

しかし、その対極にある本として、博多華丸さんの福岡のグルメ本はすごかった。文学賞をあげたいくらい内容もよかった。

彼の生きてきた歴史と福岡のさまざまなお店の思い出、そしてお店の人たちとの会話などがたくさんつまっていて、読んでいるだけで泣きそうになる部分もあるくらいだ。

私もいつかこんなふうに地元のことを話せるだろうか？　いや、きっとむりだろうな、と思うくらい、全ての記事がただ郷土を愛する温かい気持ちで書かれていた。ちっともそれぞれの店の味を裁いてないし、高いとか安いとかそういうことではなくて、人生にとって飲食店とはなんぞやというところまで描かれていると思えた。

自分が食べたわけでもないのに、お店の選び方で彼の味覚の確かさがわかった。そこにある静かな自信と、このお店のことを誰かがダメだというなら自分が盾になる、というような心意気が感じられたのだった。

彼のこれまでの人生がつまっている、四十二年かけて作った本の重みを感じた。


先日のある夕暮れ、ちょうど会社が終わるくらいの時間帯の博多駅に降り立った。

人々の顔はこれからの時間に向けて輝いていた。もちろん東京と同じで、憂鬱な状況の人もお金がなくて明日のことも考えられない人も大勢いるだろう。

でも、仲の良い人とあるいはひとりで「プライベートは知らないけれどそのお店に行けばいつもいる」大将やママがいるお店に行って一杯飲みながら、そんなに高くなくて作っている人が愛情こめて毎日工夫して料理していることがわかっているおいしいものを食べたら、この世の憂さのかなりは健康的に晴れていくのではないだろうか。

福岡はとにかく素材がいいからなんでもかんでもおいしい。専門店となると世界レベルのおいしさのところがある。

おいしいものが安く食べられる場所が多いから、夕方になるとみんななんとなく幸せな顔をしている。大勢の宴会もあるけれど決してキンキンとうるさくない。おいしいものを食べて平和な気持ちでいるから、気になるトーンのうるささが出てこないんだと思う。

華丸さんもそうだけれど、最近、地方に住む人には東京がうらやましい感じがない。何でも高いし空気も悪いし気の毒だと言われることのほうが多い。

東京がふるさとだから悲しいけれど、しかたないと思う。東京はすっかりお金のための街になってしまった。チェーン店はどこに行ってもメニューは考え抜かれているけれど、どこでも味は同じ、接客もだいたい同じ。だからそれなりに安心できるけれど、ちょっと淋しい。

ここに行かなくちゃこれは食べられないというお店、ゆりかごから墓場まで寄り添ってくれる味は減っていくばかりだ。人生の荒波を乗り切る大切なツールのひとつだというのに。

じわっと

台湾の温泉街に行ってきた。

友だちの赤ちゃんに会いに行った帰りに立ち寄ったのだ。

初めてその温泉に行ったのは十五年近く前だ。当時は田舎っぽくて昭和のようだった温泉街も、今ではすっかり垢(あか)抜けて華やかになった。

ホテルの部屋に入ったとたんにサービスでなぜかとっくりに入った梅酒が出てきたり（もちろんおちょこで飲みます）、部屋の風呂の窓が思い切り道に面していてすぐそこに人が歩いていたりするのは、良く言えばおおらか、悪く言えばがさつな台湾らしさで、そんなふうに適度に力が抜けているところも好き。メインである温泉は全室源泉掛け流しで、ふんだんなお湯が勢いよく出てきて質も力強く、部屋じゅうが硫黄くさくなるほど。

窓を開けると迫ってくる緑の濃い匂い。木々が発散するその気配はまるで山奥のように重く、ここは人間がうろうろするところではないよ、と言われているみたいだ。夜の九時には深夜のように真っ暗になって、静けさがしみてくる。友だちと話す声のひとつひとつがはっきりと聞こえるくらい静かだった。

日本の田舎の温泉も昔は夜すぐに真っ暗になってこんなふうに淋しい感じがしたなあ、と思い出してしみじみした。

両親と姉と山奥の宿で過ごしたことを懐かしく思い出す。あのときは東京の夜やにぎやかな家が恋しく思えたけれど、今となっては家族で顔を寄せあうようにして過ごしたあの夜が愛おしい。

そのホテルの大浴場は全部が半露天風呂みたいな造りで、天井が高く外との境が透け透けで、えらく寒かった。しかし温泉に入っているうちにだんだん熱くなって、そのへんの寒いところに並んでいる椅子に座れるようになる。

瞑想しているみたいにゆったり静かな動きで、タオルを巻いた人々が言葉を発さずにサウナや温泉に入ったり、椅子に座って無料のコーヒーやコーラを飲んだり雑誌を読んだりしているのを、私は不思議な夢の中にいるような気持ちで眺めた。

岩盤浴もあったが、ほとんど外に寝転ぶわけだからとても寒い。がまんして温かい岩の上でじっと寝ていると、汗ばむほどではないがじわじわと温かくなってきた。空には鳥が飛んでいた。静寂の中、お風呂に入る人々の水音だけが響いていた。

日本ではこうして全く気をつかわずに、ただみんなが淡々と過ごしているような場所はなかなかないような気がするな、と私は思った。もっと至れり尽くせりで、寒い場所は温められ、でもみんな気をつかいあっているかも。

私はいつの間にか本気で寝てしまった。目を覚ますと、となりに寝ていた台湾の見知らぬ人も気持ちよさそうにかわいい寝顔ですやすや寝ていた。こんなふうにタオルを巻いたまま並んで寝転んでいるなんて不思議だなあと思った。会うことさえもきっと一生ないのに、私たちはここで同じ空を見てくつろぎ眠っているのだ。

旅の間しか味わえない幸せを、岩の温度と同じくらいじわっと感じた。

冬虫夏草

蛾（が）の幼虫にキノコが寄生して双方の良い成分が結合し滋養強壮効果が生じたのが、冬虫夏草という漢方薬キノコなんだけれど、とにかく見た目がこわい。

これに健康にいい成分が入っていると思って、初めて出汁（だし）をとってみた人を讃（たた）えたい。

先日部屋の片づけをしていたら、漬けてすっかり忘れていた「焼酎に冬虫夏草が入っているものの残り」が出てきた。

昔に知人の健康食品卸の会社をしている人からお試しで少し分けていただき、スープにした後の出汁がらだった。

乾いているときはすっかり干し草みたいになっているそれも、お酒の中で戻っているからものすごくおどろおどろしく「虫！」という見た目になっていて、おかしな匂いがしていたのでどきどきしながら捨てた。

「今私が瓶の中からかきだしているのはキノコですよ、そうそう、キノコだもん！　蛾の幼虫なんかじゃありません」と自分をなんとかごまかしながら……。

でもどう考えても、瓶の中からちぎれそうな蛾の幼虫のふやけたやつを引きずり出しているようにしか見えず、流し台にはそのカスがいっぱい。

細い瓶の口から指で幼虫をかきだすなんてことが自分の人生にあるとは思っていなかったので、息をつめて不思議な表情で、淡々と作業している自分を客観的に想像するとなんだか笑えてきた。

高価なものだけにもったいなく、すごく悲しいときにその自分の様子を思い出すとぷっと笑えるくらいしかよかったことはない。

全然関係ない話だが、おならの成分の中にメタンガスが含まれている人が三人に一人くらいの割合でいて、電気メスで大腸の手術をすると引火することがあるという話を聞いた。又聞きなのでそのことに関しての真偽のほどはわからないのだが、それを聞いたうちの夫が「まるで『黒ひげ危機一髪』みたいだね！」と言ったことがおかしくておかしくて、それも悲しいときに思い出すといいことだなと思って、ついでに書いておく。

その冬虫夏草を卸していた知人の会社で、病気で亡くなった友人がアルバイトをしていた時期がある。

彼女はそのとき彼氏ができたばかりで、アルバイトも始めて生き生きとしていた。それは彼女の人生でいちばん楽しかった時代だったのかもしれない。

遊びに立ち寄ったら、彼女は乾いた冬虫夏草の山からほこりとかゴミを取り除くために、一本一本をきれいなふきんで拭いているところだった。

「うわ、たいへんだね。そんな細いものをひとつずつ」

と私が言うと、

「はじめはこれ、虫だよ〜、と思って気持ち悪かったけど、すっかり慣れました。仕事だもん、楽しく楽しく！」

と笑った。

「えらいねえ」と私は言った。

悲しいときに思い出したらより切なくなるのだけれど、彼女に関するとてもいい思い出だ。あれからずっと冬虫夏草には感謝している（そんなわけでちょっとだけむだにしちゃったけど）。

計画的な人生

私は気が小さい上にホラー映画ばっかり観てきたせいで、不測の事態が起きて原稿が書けなくなるのではないかとすぐにおびえてしまい、締め切りはすごくよく守るほうだ。三十年近く一度も遅れたことはない。むしろ早く出しすぎて先方が原稿をなくしてしまったことがあるくらい。

余談だけれど、ホラー映画を観すぎたことで人生観や愛情観を育むことができた（感受性が敏感な人にとって、日常はホラー映画そのものだ。だからこそ、極端に描いてあり結論があるあの世界の中に憩えるし、考え方が養える）反面、必要以上に夜道や飛行機や高層ビルや船などが怖くなり、アメリカの森林に行っても「必ずなにか出てくるに決まってる」と思ってちっとも楽しくなくなってしまうという副作用が！

そんなに締め切りを守る計画的な私でも、自己啓発書に書かれているような「目標を持つ人生」には関心がなかった。

計画通りに行ったらちっとも面白くないし、目標に拘束されているような気分になるから、行き当たりばったりがいいなと思ってきた。ぼんやりとざっくりと決めたことを叶えていくほうが夢が入る余地がある。

予想外に子どもができたとき、私はそのことに関してノープランだったばかりか、仕事に関してはピークと思えるほどにいっぱい予定を入れていた。

なのですぐには失速できなくて、赤ちゃんをどこにでも連れて行かざるをえず、ぐちゃぐちゃだった。

当時のペースダウン計画がやっと実現したのは最近で、なんと十三年もかかっている。でも、まだ子どもが「ただいま」と毎日家に帰ってくる時期にぎりぎりセーフだ。なんでもっと前に実現できなかったかというのが悔やまれるが、その理由は実は居が定まっていなかったからだと最近理解した（遅い！）。

引っ越したり子どもの学校が変わると思うとなかなか仕事とか貯金の計画がたてられず、途中田舎に引っ越そうとしたら、とたんに愛犬と両親がこの世を立て続けに去っていって頓挫したりした。

私が田舎に越したかったのは、無意識に両親が死ぬことから逃げたかったからであって、本気で住みたかったわけではなかったということもわかってきたが、そのときは全くわからなかった。逃げたい気持ちプラス「住む部屋が全く見つからないから、この場所でないところをしっかり確保したい、田舎なら今あるお金ぎりぎりで家が買える」という流れに任せただけの決断であり、自分が腹の底から「あの場所に住みたい！」という情熱があったわけではなかったので、実現しなかったのだろう。

それと同じで「赤ちゃんがここにいる、さあ仕事ストップ！」というふうにならなかったのは、私が漠然とたててしまっていた「子どものいない人生」「仕事中心の人生」のレールを修正することがすぐにはできなかったんだと思う。

バカみたいだけれど、そんなしょうがない自分を「よしよし」と愛おしく思う。そう思えることが、計画的でない人生の救いではないかと思うのだ。

友だちって

うまく仕事のペースを落とすことができず、赤ちゃんがいちばんかわいいときに、ゆっくり赤ちゃんの顔を眺めて一日過ごしたりすることがあまりできなかったのは、ある意味一生の悔いだ。

猛スピードで走っている車が急に減速できないのと全く同じで、私は十三年かかってやっと子どもと過ごす時間を確保した。子どもはもはや自分の世界を歩き始めていて親となんかいたくない。でも、ぎりぎりで間に合ったのだ。

これまでも共に過ごせるときはみっちりと愛を注いできた。このかけねない気持ちこそが、減速の失敗に後ろめたさがほとんどない理由だと思う。

常にごはんを立って食べるくらい忙しかった私は、なによりも神経が休まっていなかった。じっとしているとまるで悪いことをしているようなうずうずした状態になり、たくさん残っている仕事がいつも気になった。残っている仕事はほんとうの意味では永遠に終了しないということはわかっていたが、神経の暴走が止まらなかったのだ。

いつか自然に減速できるようにとにかく方向づけだけして、じょじょに動きを遅くしていった。その間も子どもを物理的にひとりにするのがどうしてもいやで、なにがなんでも海外に連れて行ったり（今思うとがんばりすぎた。なんであんなにがんばって子どもがいなかったときの人間関係を維持しようとしたのかさっぱりわからない。あれはあれでよかったと思うけれど、やはりどうかしていた。きっと私は子どもがいない人生を想定して抱いていた夢を急には捨て切れなかったのだろう）、とりあえず人の温もりがそばにあるように、友人知人をバイトでたくさん雇っていつもだれかが子どもに寄り添っているようにした。毎日楽しかったけれど経済的には大変だった。

赤ちゃんをずっと自分以外の人が抱っこしていることに嫉妬はなかった。ただ「今しかないのにもったいない、赤ちゃんの顔を見ていたい！」と本能が叫んでいたのは確かだった。

疲れ果てているのでやっと自分が赤ちゃんを抱っこできても、すぐいっしょに寝てしまうので、いつも寝ているふたりになってしまった。今でも旅行に行くとふたりですぐにごろごろしはじめたあげくに寝てしまうのは、あの頃の名残なのか、ただふたりともだらしないだけなのか⁉

一度、うちの子どもに思い入れすぎたシッターさんにやめてもらったことがあった。それですごく落ち込んでいたとき、親友のCちゃんがうちに立ち寄った。「なんてことをしてしまったんだろう」と嘆く私に、彼女は真顔でぽつりと言った。

「あのねえ、周りのみんなが、いちばんかわいい時期に、あそこまで赤ちゃんに思い入れられても怒らないあなたのことを、寛容な人だなと思っていたと思うよ」

その中には全部が入っていた。ほんとうの状況、私の気持ち、黙って見ていた彼女の気持ち。

私はそれで救われた。愛する人の言葉や表情はときにほんとうに人を救うのだと思う。

関西の夜

姉が京都の大学に行っていたり、仕事の窓口が奈良にあったり。そのときのまま今も信仰している神社も奈良だし、大阪に勤めている彼氏がいた時期もあったし、普通の東京生まれ東京育ちの人よりも、関西にいた時間が多かった。

あまりにもベタな感覚で全く申し訳ないのだが、私にとって関西の夜の中にいるときの気持ちは「雨の御堂筋」ではなく「悲しい色やね」だ。

今も関西にいると、あの歌を聴いているときの気持ちとしか言いようがない気持ちになる。夜の画面の墨のトーンが一段暗く、一段湿っぽくて、水分で空気がきらきらしているような感じがする。

関西のきついところや関東とのうんざりするような違いも知っている。「関西」とひとくくりにしてはいけないということだって、よくわかっている。

たまに驚くほど強く、若かった当時を恋しく思う。

金龍で立ち食いラーメンを食べたり、からふね屋で夜を明かしたり、鹿につつきまわされたり、六甲の山の上から美しい夜景を見たりしたい。そんな日常的な瞬間こそがふっとよみがえってくるのだ。


この間、神戸に引っ越したMちゃんのうちに遊びに行った。

震災後の神戸に行くのは二回目だった。私の知っていた神戸と、少しだけ姿を変えた新しい神戸。ふたつはまるで陽炎みたいにうっすら重なって見えた。

駅からMちゃんの家に歩いていく途中のことだった。Mちゃんがふいに言った。

「そういえば、あのニュース、知ってますか？　側溝男の事件」

私は知らなかったが、私の子どもは知っていてすごく興奮していた。

それは、道端の側溝に何時間も潜んでいた男性が女性のスカートの中を覗いた罪で捕まった事件で、彼のお母さんが「息子は昔から側溝が好きだった」と発言したりしていたそうだ。

「いつも行く郵便局の真ん前の側溝で、信じられないくらい小さくて狭いんですよ！　私も何回もきっと上を通ったと思うんですよ」

Mちゃんは言った。

きっとここだと思うとMちゃんが言い、私たちは白昼の郵便局の前で少し立ち止まって、その前にある側溝を見ていた。きっと道を行く人たちにとってじゃまだったに違いない。ちょっといやそうな顔をしたおばさんがいたので、私は子どもに「端によけて」と言った。

するとと、自転車で通りかかったおじさんがわざわざ止まり、すごく嬉しそうに私たちに、

「そこやない、ここや！　こっちやで」

と手招きをして、少し離れた側溝を指さした。すると件のおばさんが急に笑顔になって「そうそう、そこや」と言った。

その側溝はほんとうに信じられないくらい狭くて、意外にも道の真ん中あたりにあり、あの中に人がいて近くを歩く人が気づかないでいられるなんてことがあったのだろうか？　とか、あんなにも暗くほこりっぽいところに何時間もいられるなんてすごい、よほど好きでないと続けられない、とかいろいろ考えてしまった。でもなによりもあのおじさんやおばさんのノリこそが、私の胸を懐かしさできゅんとさせたのだった。

面影を追う

数年前までうちの近所に大きなスポーツクラブの建物があって、泳ぐために私はそこに通っていた。とにかく水に入りたくてしかたがなかった。

毎年通っていた伊豆にもう両親が移動できなくなり、私だけで行く気持ちが起きなくて、泳がない夏を過ごしたからだとはわかっていた。

正直に言うと、プールで泳ぐことは海の代わりには決してならない。海の水には人を根本から癒し正すなにかがあるのだ。

でも、夏の夕方にプールで泳ぐことには、海で泳ぐのとは全く違う良さがあった。純粋に体を動かす楽しさで、塩素の匂いも気持ちがいいくらい。機械のように無心に体を動かして、だるくなって、帰り道にアイスを食べる幸せ。サウナに入って主みたいなおばさんに意地悪されたり、いつも出会うかわいいお嬢さんとジャグジーで会話をしたり、そういうことも今となってはいい思い出だ。

なによりも明るいガラス越しに見える青空と、きらきら光るブルーの水面が好きだった。

ちなみに日本各地のサウナには必ずと言っていいほど主がいるものだが、どうやって選抜されるのだろう？　曜日別など、複数の主がいるサウナはあるのだろうか？　主の席を取ったり、髪の毛を結んでなかったり、タオルの敷きが甘かったりすると、必ず怒られる。

そのときは「そんな高そうな水着を着てサウナに入るとすぐ穴が開くよ、そんなこと気にならないくらいにお金持ちだったらいいんだけどね」と言われたので、「アメリカの海岸でやっていたセールで二百円で買った水着であります」と答えた。

主は黙ったが、まだなにか言いたそうだった。しかし私のすぐわきにいた別のふたりがいきなり親せきがかかった超深刻な奇病の話をしはじめて、全員がし〜んとした気持ちになったので、それ以上深追いはされなかった。空気を読まない人ってたまにそうやって人を救ってくれるんだよなあ。

そしてあるとき、私がぎっくり腰になって休会している間に、なんとその建物自体が取り壊しになってしまった。

　プールがあった二階のあたりを私はたまに見上げてみる。窓にきらきらした水が映っているのが外からでも見えたのだ。

　その横にあったカフェももうなくなった。あまりにもセンスが良いカフェだったので小さい子どもを連れていくのがちょっと恥ずかしかったけれど、子どもといっしょによくお昼を食べに行った。そのカフェの人は子連れでもいやな顔ひとつしなかった。そういうカフェはわりと珍しい。

　そこのほんの少しチーズの味がするクリームシチューと手作りマフィンとニースサラダは絶品で、ていねいに作られているので大好きだった。考え抜かれたバランスで、忘れられない味だ。マフィンにはハムとチーズを挟むか、ハチミツバターか、選べたのもよかった。

　なくなってしまった空間ってどこにあるのだろう？　とよく考える。もちろん頭の中にだけあるのだが、それだけではない気がする。その場所にはひっそりと面影が残っている。私がそこを歩いた記憶を、街もいっしょに抱いてくれているような気がする。

美しい世界

少し前の春先に仕事で北海道に行った。

まだ道に雪が残っていて、夜更けにかなりしっかり雪が降ってきた。

ちょっと前まで目の前にあった世界がみんな真っ白の中に埋もれていき、全く違う景色になってしまう。雪が音を吸いこんで静けさも増す。

「僕たちにとって、死は他の地方の人よりも身近なんですよ、ヒグマも出るし、家から近いところでホワイトアウトによって死んでしまう人もほんとうにいますから」

と案内してくれた北海道の人が言った。

家の中は温かく快適で窓の外には絵画のような美しい世界。でも一歩外に出たら自然のねじふせるような力を常に感じる暮らし。

「一回慣れてしまえば、冬はこういうものだとわかってしまえば、だれでも住めるんですけどね」

と彼は言った。ほとんど夏の爽(さわ)やかな北海道しか知らない私は軽々しくうなずけなかった。つい上着を忘れて凍えたり、その日の動きに合わない靴を履いて歩きすぎて血まみれになったり、うっかりさでは他の追随を許さないレベルの私だから。

おととしのこと、真冬の札幌で雪の路地を歩いていたら、きれいな明かりが照らす木の扉があった。

開けてみたらそこはとても美しいバーで、クレソンの温かいスープや上等なグラスワインがあった。照明は薄暗く調度品はアンティークで、お店の人たちは優しかった。私はすっかり酔ってしまいぼんやりして帰ったけれど、あれは夢だったのかなと今でも思う。

外があれほど激しい雪でなかったら、きっとそうは思わないだろう。

目の前が見えないほどの雪と真っ白に凍っている夜道を、友だちと手をつないでやっとのことでホテルまで歩いた。さっきまでいた美しく温かい室内と大きな赤ワインのグラスのイメージを天国のように感じた。外が地獄だからではない。店からずっと、目にうつる全てがきれいすぎたのだ。

春先のその夜も部屋の暖房は顔が火照るほどの温かさで、私と息子はアーティスト用の小さいけれど快適なレジデンスに泊まって、夜中にふたりで温かいお茶を飲んだ。

今思い返すと、それもまた夢のように思える。

十三歳になる息子とふたりで全く知らない場所にいて、知らない窓から外を見ていた。外は真っ白でなんの音もしない山の上だった。遠くに街の明かりが見えた。雪は街灯に照らされてキラキラと光っていた。なにもかもがクリアに見えるのは空気がきれいだからだった。心細くないのは、ふたりでいるから。

いつまでこんなふうにふたりでいられるのか、永遠に続くわけではないから、いつかいられなくなるのだろう。

でも今日はここにいて、きれいなものをいっしょに見ている。いつか別れ別れになっても、この夜の思い出は永遠だ、そう思った。

明日になれば楽しく仕事をしたり、おいしいラーメンを食べたり、すごく忙しくなる。でも今はとにかく心も世界も静かだと。

あまりにもきれいなものを見ると、人はそんなふうに思うものなのかもしれない。

植木屋さんの魔法

急に引っ越すことになったとき、いちばん心配だったのは長くつきあってきた植物のことだった。その家には十年住んでいて、小さな苗もりっぱな生垣になるほどに育っていた。借家だったからもともと植わっていた桜や椿の大木はもちろん持っていけないけれど、自分が植えたものは連れていきたい。

試しにいちばん大事だったジャスミンを少し掘り返してみたけれど、とても深く根を張っていて、つるもからみながら茂っていてどこから切っていいかわからない。

急な引っ越しの悲しみも相まって私は半泣きになり、植木屋さんに相談をした。

いつもお世話になっている植木屋さんは、蓮(はす)の専門家だ。

私のうちには蓮の鉢がある。うまく育てれば翌年に蓮根が取れるから、毎年きちんと植え替えてもらうと、初夏には大きな花が毎年咲く。青空の下うっすらピンクの大きな花が咲くのを見ると幸せになる。

蓮は私にとって思い出深い花だ。ふるさとの上野不忍池（しのばずのいけ）には蓮がたくさんある。毎年あたりまえのように眺めていたから、正直言ってふるさとを離れるまで蓮の良さがわかっていなかった。泥の中からどんどんのびてきて花が咲く姿に薄気味悪ささえ感じていた。

両親がまだ生きていた最後の時代のある夕方、夫と子どもと蓮を見に行って、あまりの多さにやはりびっくりして、ついつい長居してしまって、もうごはんができたよと姉から電話がかかってきてあわてて実家に戻った。父と母がそろっている実家に帰ることの喜びを、じわじわとかみしめながら。

あの日に見た蓮は夢のようにきれいだった。そして昔の私と今の私が交わった瞬間でもあった。

不忍池に悲しい気持ちで歩いていくことが少なくなかった地元での青春時代には、親が生きているだけで嬉しい日が、そして自分の夫と子どもと幸せに蓮を見る日が来るなんて考えてもみなかった。

植木屋さんは蓮を運んで、新しい家の陽当たりを調べてから設置してくれた。全ての苗が数時間で元の場所からすっかりなくなった。魔法のように素早かった。

暑い最中の悲しい引っ越しだったのに、新しい家に台車でこつこつと荷物を運んでいると、早起きの植木屋さんはいつもすでに庭にいて、土を入れ替えてくれていた。私にとって陽に焼けて真っ黒で力強いその姿はヒーローのように見えた。もうお別れするしかないと思っていた、件のつるがぐるぐるにからまったジャスミンはしっかりと掘り出され、つるの部分もきれいにカットされて丸くしばってあり、植木屋さんは「ここに新しい葉っぱをからませるとなじむからすぐ根づくと思うし、つるからも葉が出てくる可能性があるから水をかけてあげてくださいね」とていねいに教えてくれた。

新しい庭にジャスミンが小さく咲いたとき、それがこれまでのように真っ白にこんもりしていなくても、むせかえるような香りがなくても、私は嬉しかった。これからまたいっしょにやっていこう、そう思ったから。

昆布じめ

昔、友人に聞いたすごい話が今も心に残っている。

彼女は東京で一人暮らしをしながら働いていて、夏休みに関西の実家に帰省した。

お母さんの作ったおいしいごはんを存分に食べ、両親といろいろなことを語らい、
地元の友だちにもたっぷり会い、充実した時を過ごしてある夕方実家を後にした。

お父さんも「仕事がんばれよ」と玄関まで見送りに来てくれたし、お母さんはお菓子や軽食を持たせてくれ、彼女は愛情で胸をいっぱいにして駅に向かって歩きだした。

しかし五分ほど歩いてから忘れ物をしたのに気づいた。私ったらなんてドジなんだろう、お母さんに電話して届けてもらおうか、いやいや、まだそんなに離れていないから戻ろう。

そう思って、彼女は実家にＵターンした。

そして「忘れ物しちゃった！」と玄関を開けたら、なんとお母さんが分厚い肉でと

んかつを揚げていて、食卓ではお父さんがウキウキして待っていたのであった。

彼女が帰ったら、すぐにふたりで高級な肉でとんかつを食べようね、と示し合わせていたとのこと。

「いろんな優しい気持ちが吹っ飛びましたよ」

と彼女は言っていた。

そのご両親のバツが悪い気持ちを思うと、いつでも笑ってしまう。

今となってはそのとんかつ好きなお父さんも亡くなり、ご実家もすっかり片づけられて全てが変わってしまったけれど、そのときの三人の驚いた顔の、私が心の中に描いたそのかわいい映像だけは確かにここにある。

悲しい気持ちで思い出すよりも、幸せな気持ちと共に。


家族のそんな瞬間は、なんていうことないけれどいちばん大事なものなんだと思う。

先日、息子が友だちとディズニーランドに一日がかりで行くというので、久しぶりに晩ごはんを夫と私だけで取ることになった。そういうときはたいてい奮発して大人の店で外食をするのだが、ふたりとも残業で遅くなってしまった。

私は少し先に帰宅したので、近所のスーパーで良さそうな鯛のお刺身用のさくを買ってきて、賞味期限ギリギリで使い切らなくてはならない利尻昆布を酢と酒と水で戻して、お刺身を酒で洗って、簡単昆布じめを作った。賞味期限ギリギリとはいえすごくいい昆布だったので、そしてお刺身が新鮮だったので、信じられないくらいおいしくできた。

私と夫がぱくぱく食べていたら、子どもからメッセージがあり「ほんとうにごめんなさい、約束していた時間よりも遅くなりそう」と書いてあった。

ふだんなら心配したり怒ったりする私が「いいよいいよ、ゆっくりして。駅から必ず連絡をして、なんなら迎えに行くから」と快く返事をしたのは、きっと鯛の力……！

息子に三切れだけ残して、みんな平らげてしまったあとで、夫が言った。

「今日みたいなことがあると、いつもあのとんかつの話を思い出す」

私も、まさに思い出してた！　と答えながら、あのおうちのかわいいエピソードが我が家にそうやって残っているのが嬉しいなと思った。

めだかと生命

蓮を育てることになって、庭先に大きな水鉢があるということはぼうふらの対策をしなくてはいけないということだ！　ということに気づき、めだかを飼うようになった。

金魚は何回も飼ったことがあるけれど、めだかをちゃんと飼うのは初めてだった。

これ以上なにかを飼うなんて（うちには犬が二匹、猫が二匹、亀が一匹いて、忙しいのにそんなに飼っているから毎日ほんとうに農場で暮らしているよう。ちなみになぜそんなに飼ったかというと、子どもを持たないつもりだったから）、絶対ムリと思っていたのだが、めだかの様子を見ていたら楽しくなってきてしまった。

めだかは自分の卵を食べてしまうので、増やそうと思ったら卵を見つけしだい別の器によけておかなくてはいけない。

運転バイトをしてくれているお兄さんが、いつも素早く「あ、これ卵ですよ。これも、これも」と見つけるのを見て「なんで泡と区別がつくの？」と思っていた私だが、だんだん慣れてすぐに卵を見つけられるようになった。

そして初めはそのお兄さんが手でひゅっと卵をつまむのを見て「こわい、気持ち悪い」と思っていたのに、自分でもそれができるようになってきた。

この歳になって、新しくなにかを取得できるなんて、なんてすばらしいことだろう！　それがたとえめだかの卵を食べられちゃう前に素手で採取することであっても！


めだかは生きているときには透明で、美しくて、動きも速い。しかし死んでしまうとほんとうにただの物体になってしまう。めだかを突き動かしていた生命の力が抜けていってしまうのを目の当たりにすると、生命のすごさを思い知る。

めだかだけではない。死が近くなった犬や猫は（そして多分人間も）、だんだん毛皮に栄養がいかなくなり、内臓が機能を停止しはじめるので、あちこちが腐ったようになってくる。あまりいい匂いとはいえない匂いだってしてくるだろう。赤ちゃんのとき、甘い匂いをいつまでも嗅いでいたかったのとは正反対のことが起きる。

それが生きるということと、死んでいくということだ。

でも、最後に魂が去っていくその瞬間まで、その生き物の個性を決定しているなにか大きな美しいものはそこに確かにある。そのなにかを見つめているかぎり、決して嫌いになったり捨てたくなったりしない。私はたいていの人を好きになれるけれど、動物を簡単に手放す人とだけはどうしても仲良くなれない。最後の最後に「なんだか具合が悪くていつもみたいに遊べないから、もうお別れかもしれない、ごめんね！」という目をしてこちらを見る動物たちを見てきたから。

だんだんボロ布みたいになってくるその肉体を愛おしく思えば思うほど、生命のすばらしさと愛情の力を知る。最後の瞬間までただ一緒にいようと思う。

何回体験しても慣れることのない別れを味わうたびに、自分も生きて死んでいく生物なんだということをリハーサルさせてもらっているように思い、ありがたみを感じる。

主食

糖質制限が話題になっている。周りでも糖尿病をわずらっている人や健康に気を遣っている人、ダイエットをしている人などが実践して、確かな効果をあげている。いいのかもしれないなと思っていたら、あるとき、大好きな桜井章一さんがたったひとことこう書いていた。

「それって主食じゃないか」

それを読んですごく静かに納得した。

誰に対してもなんの批判も持っていない私だが、そうだなあとしみじみ思ったのだった。

私は玄米も白米も大好きだし、田んぼを見るのも好きだ。

だから「米は私には悪さをしない。もし悪いことがあるとしたら自分の食べ方だ」

と思うようにしている。

うちでは朝にパンを食べることも多く、近所にあまりにもパン屋さんがなかったので小説の中に近所の道を登場させ、むりにそこにパン屋さんを描いた。

その念が通じたのか、小説に出てきた場所の一本隣の同じ場所になんとパン屋さんができた。ほんとうにありがたかった。しかしあまりにもおいしいので人気がありすぎ、しょっちゅう売り切れている。もう少し気軽なパン屋さん！　パン屋さん！　と念じていたら、もう一軒おいしいところが少し遠くからすぐ近くに越してきた。以来、パンがなくて困ったことはない。

こんな能力があるなら、お金を引き寄せるべきだったかなあ。


これも決して健康がどうとか批判などではなく、白くてふわふわのパンにバターを塗ると、いくらでも食べられるけれどお腹には全くたまらない。あるとき、パン食べ放題の店のランチでそれに気づいた。そのパン屋さんでは白くてふわふわのパンを出している。いくらでも食べられるけどお菓子みたい。

よく観察していたらさらに気づいてしまった。バターは小さいのがひとり一個だけ。そして食べ放題のパンのかごを持った人はなるべくフロアに出ないようにしている。

大声で呼べば来てくれるけれどすすんで来ることはない。

まるで自分がなにかを乞うているような気持ちになった。

多分、食べ放題のかごの人をなるべくフロアに出さないことで、そうとうに利益の差が出たのだろう。それであまりひんぱんに回らないようにということになったのだろう。

しかし人の心には法則がありそう。もしここで思い切ってふんだんにいくらでも食べて！　とパンのかごの人が回ってきて、バターは有料だけれど何個でも喜んで追加しますよということにすれば、一定の期間を終えたらみな安定した量になりそうだし、めちゃくちゃ食べる人のパーセンテージは少ないばかりか、話題を呼んで混むはず。それで時間制限をかけるほうがパンを制限するよりもむしろ儲かる、そんな気がする。


そしてしみじみ思う。日本人の主食ってやっぱり米なんだなあと。

パリで朝目覚め、軽く着替えてホテルから数分のパン屋にたらたら歩いて行き、バゲットを買って、はじっこを食べながら部屋に帰ってバターと市場で買った新鮮な野菜を食べるときの、あの喜び！　湿気がある日本ではなんだか違うのだ。

せちがらい世界

電車に乗ってから目的地に着くまで、人が「チッ」と人に聞こえるように言うのを四回も見た。

すごいことになっちゃってるなあ、と思った。

その人たちだって家に帰れば好きな音楽を聴いたり、ドラマを観たり、家族に会ったりして、「チッ」と舌打ちをしない人生を送っている一面もあるにちがいない。

それとこれを分けて生きられると思っているのがなによりすごい。そんなはずはないだろう。

愛読している中村天風先生の本に書いてあったように、そんなものを見てしまったときは息をフッと強く吐く。

なるべくそういうものに接したくないが、それ以上にもはや「チッ」族と自分の間には目に見えない壁があるように思う。会話をしたくても壁のせいで互いが目に入らないような、そんな不思議な感覚にとらわれることがある。

この間、風の強い日にうちのゴミ箱が道に倒れ、ふたが外れて道の真ん中に出てしまった。

気づいたときにはふただけ車に轢かれてぐしゃぐしゃになっていた。

これは「昔はよかった」系の話でも「海外や下町はまだ人情があっていい」系の話でもない。

近所の人しか通らないすごく細い路地、車で通ったらゴミ箱のふたが道に落ちている。そりゃあ面倒くさいけど、私だったらそれこそ「チッ」（あら、自分も言ってる！）と言って車から降り、道の端にしかたなくよけてから、車で通る。

轢いたらタイヤにもダメージがあるだろうし、もし目撃者がいたら人の家の器物をわざと壊したことになるから、何のいいこともない。

でも、その人はイライラして思い切り轢いちゃうわけだ。

件の「チッ」族と同じく、その人の人生には形を変えて同じようなことが襲ってくるだろうと思う。なんでそんな法則があるのか知らないが、実際あるのだからしかたない。

長年働いてくれたゴミ箱に「ごめんなさい」と「ありがとう」と「さようなら」を言って、新しいゴミ箱を買って、今度は道に出ないように気をつけながら大切に使おう、と思っている私の心のほうがよほど平和で、そんなとき私は「私が私でよかった、私の周りの人はみな穏やかでよかった」と思う。

まあ、それが私の最大にいやらしい復讐（ふくしゅう）心なのだろうけど。

生きている間に、ここまで荒（すさ）んだ日本人を見ることになるとは思っていなかった。

少し前に住んでいたうちと向かいのうちの車庫には塀がなく、しかも傾斜があったから向かいの家のでかいゴミ箱がうちの敷地までよくやってきていた。

そしてその逆もあった。うちのゴミ箱が向かいの家の車庫に走っていってしまう。お互いにあやまりながらゴミ箱を戻しあった。ストッパーをかけておくんだけれど、ゴミ箱の前に車が停（と）まってないと止めるものがないから、すごい風のときは外れて勢いよく動いてしまう。お互いに苦笑しながら戻してあげ合っているとき、私たちの心は平和だったなと懐かしく思う。今の場所のほうがちょっと高級住宅地寄りなのもなんとも悲しい。

肩を並べて

小学生のときも、中学生のときも、高校生のときも。

いいや、大学生のときも大人になっても、私は幼なじみのRちゃんと夜道を肩を並べて歩いた。私はいつも自転車を引きながら、若いのに一人暮らしだったRちゃんを送っていったのだ。

私が引っ越すまでずっとそんな日々は続いた。

Rちゃんは故郷の街を深く愛しずっと暮らしたいと願い、働いてお金をため実際にそうした。

そんなにも若いうちから迷いなくしたいことがはっきりとしている人を私は他に知らない。Rちゃんはとにかくその街に暮らしたかった。なじみの銭湯があり近所の人たちもみんな知り合いで、表面は様変わりしても変わらないものがある生まれ育った下町に。

そして彼女は図書館が好きで、図書館で働きたいと昔から思っていた。それ以外の職業は全く頭になかった。東京都のあらゆる図書館で彼女は利用者に向かってたくさんの良きことを成してきたに違いないと私は思う。

表彰されることもなく有名になることもない。でもそんな確かな生き方をしてきたRちゃんをきっと神様は見てきた、そう思う。

先日、仕事があってその街に行った。もちろんRちゃんはそこに立ち寄ってくれた。「吉本さんのご両親にあんなにお世話になったのにお焼香もしていないので、ご実家のお仏壇に立ち寄らせてほしい」とRちゃんが言ったので、そこから私の実家のあるところまで二十分くらいいっしょに夜道を歩くことになった。

またあのように夜道を歩くことがあるとは全く予想していなかったので驚いた。しかし時は確かに戻っていった。

隣の彼女の歩き方やそのテンポを、あっと言う間に私の体ははっきりと思い出した。どれだけたくさんの夜を、そんなふうに歩きながら、若かった日々の悩みを、苦しみを、喜びを、恋を語り合っただろう。あの頃の私の人生の時間を確かに支えていたのは、あのなんていうことない夜道の時間だったのだと、今になって私ははっきり悟った。

人気のない夜道に響く、結論もなく解決もない、そんなたくさんのおしゃべり。そのときは深刻だったのに、話した内容なんてみんな忘れてしまった。いっしょにひたすらに歩いていたという事実だけがきっと大切だったのだろう。

どんなことがあってもとなりを歩いてくれる友だちがいた。私の青春時代は悲しいことが多かったけれど。そんなふうにかけねなく幸せなことも確かにあったと思うことができた。

「吉本さんは確かに荒んでいた時期もあったかもしれないけれど、いつも自分の気持ちにも他人にも誠実だった」と昔彼女が泣いている私に言って慰めてくれたように、私も彼女にほんとうに落ち着いた優しい気持ちで、茶化したり笑ったりせずに心をこめて「そんなにもしたいことがはっきりしている人生はすばらしい、誇らしく思っていいと思う」と言えた。

ああ、私も少しでも大人になれている、よかったと思った。

はつ恋

私のはつ恋は長かったし、しつこく好きでいたわりにはあっけなくふられて終わったけれど、今考えてもすばらしい人だったので、全く後悔のないものだった。

そしてほんとうにいっときだけ、もうきっと相手の人も覚えていないと思うけれど、両想いだった時期があったのもまたすばらしい思い出だ。お互いに口に出さなくてもそれはわかった。一秒でも多く話していたいとお互いが思っていたのだった。

あのすばらしい両想いの気持ちは、そのあとに来た「完璧でない両想い」というものを全て吹き飛ばしてしまったような気がする。きっとそれは私の人生にとっていいことだったのだろう。

あるとき、私が自転車を持って急な坂を登っていたとき、彼が後ろから「持ってやるよ」と走ってきた。あんなにかわいらしい小さな声での「ありがとう」を私はそのあとの人生で一回も言っていない気がするの（笑）！

千駄木（せんだぎ）の観潮楼（かんちょうろう）あとから駅のほうへと続くその小さな階段はとても急で、ふたりはただ並んで歩いているだけで幸せだった。

そんなときはすぐに終わり、彼にはとっても背が高くてきれいな両想いの人ができて、すごく悲しかったことも覚えている。

昔からけっこうゴリゴリの下町姉さんとしてはっきりしたキャラでやってきた一面もあるのだが、彼の見ていた私はそうではなかった。とても繊細で優しくてか弱いところのある女性としての私の一面だった。

まだ性別もないような子どもの時期だったからこそ、ますますその部分を見ていてくれることがよくわかった。そしてその面を見てくれない人とはそのあとの人生の中でもいつもうまくいかなかった。

後に偶然、私はその階段のわきの家を借りることになった。

私は毎朝その階段を窓からしみじみ眺めた。

その窓から、当時のボーイフレンドが犬の散歩に行くのをじっと見つめたり、手を振ったりした。私はすっかり大人になっていてそんな平和な幸せを味わうことができるようになっていた。

その家には実家から父や母や姉も遊びにやってきたし、幼い頃そのはつ恋の人が住んでいたビルも窓から見えた。私の通っていた小学校や中学校もすぐ近くにあった。いろいろなものがいっぺんに解決したような気がして、私は「気が済んだ」ように思った。懐かしくありがたい故郷の街、叶わなかったはつ恋の悲しみ、そんな思い出がある幸せ。今愛する人がその階段を上ってくるのを眺める幸せ。


それからしばらくして私は故郷の街を離れた。

今は他のところで家も買って落ち着いたので、私はきっともう、あの街に住むことはないのだろう。

だからこそ思う。きっと最後にオールスターを見せてくれたんだ、あの街はって。

今はその階段から、当時にはなかったスカイツリーがばっちりと見える。

あのときにはなかったその景色を見たとき、私の中の時計がしっかりと動き出して、あの頃をほんとうに良き思い出にできたのだった。

おばかちゃん

愛犬が十七歳で亡くなったとき、あまりに尊敬すべき亡くなり方だったので嘆くことさえできなかった。見事すぎて、ほれぼれして、感動して、嘆くことが愛犬に対して恥ずかしいことのように思えた。

そして、私もあのようにありたいと憧れさえ抱いた。死の一週間前まで普通に暮らし、死の直前まで自分で歩いてトイレに行けたらなと（二時間くらいかかってたどりつき、疲れはててトイレで倒れていたのをベッドに連れて行って、それが最後のトイレになったけれど、神々しい姿だった）。

それでもやはり淋しくて、私たちはその愛犬をもらってきたおうちから、同じ犬種の子犬を引き取った。

ある程度育ってからそのおうちに見せに行ったら、その犬種に関しては専門家であるご夫婦は口をそろえてこう言うのである。

「大きさはいいねえ」「大きさは完璧ね」「いやあ、いい大きさになった」

私は心の中で「むむ？」と思った。確かに同じ犬種であった先代よりも、少しだけ大きくてキュッとした体型をしている子犬はいい感じだと思ったが、そんなにまで？と感じたのだ。


もう少ししてからよくわかった。

「そうか、長年この犬種を見てきた彼らにはこのおばかさがわかっていたんだ、そして大きさより他にほめるところがなかったんだ！」

ただでさえちょっとおばかちゃんの犬だった上に、老犬を失ったばかりの私たちが「生きていてくれるだけでいい」と甘やかしたので、その子犬は取り返しのつかないことになってしまった。内弁慶で臆病で、散歩していると道行くおばあさんのカートやベビーカーを怖がって恐ろしい声で吠えるし、夜道で急に人が出てくるとただそれだけで飛び上がるほど驚いて吠えるし、他の犬が来たらそれがどんなに小さいチワワであってもびくびくして吠えかかっていく。ほんとうに恥ずかしいことだが、そんなとき私たちは犬を抱っこして走って逃げるのである。

私と夫が口論などしていると、そのことに驚いて私をいきなり噛んでくる。リーダーを守る心がけはいいけれど、いかがなものだろう。

笑えないくらい恥ずかしい気持ちで、いろいろしつけをしてじょじょに改善していっているが「こりゃ、持って生まれたものだな、ある程度以上はきっと治らないんだろうな」という感想を素直に抱いている。

でもある日、昔飼っていたシベリアンハスキーのことを思い出していてふと気づいた。そのハスキーはてんかんもちで、先天的に内臓の疾患を抱えていたのでいつもお腹を下していて、皮膚も弱くいつもあちこち膿んでいた。常に強い薬を飲んでもうろうとしていた。そしてそのかわいそうな犬生をたった五年で終えた。

今の犬は一回も下痢をしたことがない！　予防接種以外では病院に行ったことがない！

私たち夫婦はその日からずっと「ほら、でも健康だから」「そうそう、健康だからね」と言って、大きさ問題と同じ解決法で明るく過ごすようになった。

めだかその後

ある意味すごく抽象的なことなので、もしかしたら読んでもわからないという人がいるかもしれない。でもやはり書いておこうと思う。

前にも書いたけれど、私は蓮を育てていて、その水の中にぼうふらがわくのがいやで、めだかを飼っている。しかしだんだんめだかのほうに夢中になり、近年ではめだか友までいるようになった。

いい餌（えさ）をあげていたら、前はがんばって食べていたのにだんだんめだかがぼうふらに見向きもしなくなった。これは失敗であった。まさに本末転倒！　うまく餌の量を調整してなんとかしのいでいる。

五月になると、めだかは猛然と卵を産み始める。ほんの一ヶ月くらいの期間だから、その間は毎日卵拾いをする。めだかの大人もたにしもみんなめだかの卵が大好物で、こんなことでよく自然界でめだかが増えることができるなあと思うくらい、目を離すとすぐ食べてしまう。

なので、私は水草についた透明な卵を別の器に移す。その作業は最高に気持ち悪くて、時に変な虫を触ってしまったり、卵だと思ったら小さいたにしだったり、真っ白い無精卵だったりして、なかなか報われない。

しかしある時から、卵を持つとその中に「ギュルルルル」とまんがのジョジョで聴けそうな音のようなものを感じるようになった。あれこそが命というものの感触なんだと思う。

そしてめだかはどんどん孵り、たくさんの赤ちゃんめだかが育つけれど、生き残るのはほんの数匹だ。

そもそもうちの蓮鉢は自然の環境ではないし、卵を保護するのも全く自然なことじゃない。でも、確実に育てるために家の中の水槽で水温管理してまで増やすべきかどうかというと、なんだか違うように思えた。どうせ育ったら蓮の鉢の中に戻すのだから、環境が近い方がいいと思った。

しかし赤ちゃんたちをどんなにがんばって育てても全てが無になるのは一瞬だ。隣の家の工事で飛んできた木屑で水面が覆われて、宅配便の人がうっかり落とした色のついた紙が水に入って、大雨で、大嵐で、急に水温が上がって、などの理由で赤ちゃんたちは一瞬で全滅する。あまりに何度もそれを経験して、費やした時間を思っては何回も軽く落ち込んで、それでも翌年同じことを続ける。

はじめは「どうせみんな死んじゃうのかな」「なんて儚(はかな)いのだろう」と悲観的な気持ちばかりで赤ちゃんたちを見ていたけれど、今は少し違う。

そういう人災や天候も含めて、彼らを取り巻く自然なのだと思うようになったのだ。なるべく悪い条件を取りのぞき、どうにもならないときはあきらめて、生き抜いたものは生き延びていく。今日目の前にいるめだかの赤ちゃんたちの精一杯の泳ぎを見せてもらうだけ！　そんな気持ち。水を足すとき一人前に流れに逆らって泳ぐ元気のいい姿の中に、いかにも強そうなスター赤ちゃんめだか（笑）がいるのも見つかる。もう流れに逆らえないくらい弱っている赤ちゃんも見る。こんな小さな世界の中に全ての縮図があるのに、驚くばかりだ。

生活の中の薬

仕事がらよく台湾に行くけれど、ごくふつうの生活の中に薬草や漢方が生きているなあと感心することが多い。

例えばトマトに醬油と砂糖をつけてそこに甘草（かんぞう）も少し入れるという台南の前菜は、夏バテによく効きそうだ。トマトの冷やしすぎる力もいいふうに減らしてくれていいそう。

鍋に酸っぱい白菜のお漬物を入れるのも、肉や魚の毒をすっかり消して消化も良くしてくれそう。そこににんにくとピーナッツと香菜のたれを使うのも、きっと消化にいい作用がある。

市場に行くと、鍋に入れる漢方薬がセットになって売っている。烏骨鶏（うこっけい）や羊の黒っぽい鍋の味の奥深さは、いっしょに入れる漢方の成分だったのかと驚く。

日本ではおいしさのためだけに入れるものが、台湾ではその食材の毒を消すために入っているように思う。

そんな生活の知恵はきっと万国共通なのだろう。

エキナセアという植物はアメリカやヨーロッパで熱を下げるためによく使われる。花もきれいなので私は苗を買って植えてみた。燃えるような赤とピンクと黒の組み合わせはまさに「熱」を連想させる。

同じような感じで、カモミールは鎮静作用があり安眠に役立つとされているが、白い小さな花は可憐で見るだけで安らぐ。そして薬効がある中心の黄色いところを嗅いでみると、同じ薬効を持つセイヨウカノコソウと全く同じ香りがする。この臭い匂いには人を眠りに誘うための共通するある成分がきっと入っているんだな、と感心してしまう。

こんなふうに植物はほんとうはまるで看板を出しているかのように、人々にその薬効を知らせてくれているのかもしれない。

もしかすると日本でも昔はそんなふうに、生活の中にあるもので病気を予防していたのかもしれない。よもぎやどくだみやびわの葉はいくらあってもいいくらいに役立つ。

私たちが忘れてしまっているだけで、道端の雑草のように見える彼らだって出番を待っているのかもしれない。

台湾ではよく見かけるけれど日本ではあまり見ないのが、仙草ゼリーと愛玉子だ。日本でも台湾料理屋さんでたまに置いてあるけれど、小さな器にほんのちょっぴりの量、氷が入って本体はもっと少なくなっていて淋しくなる。

仙草は真っ黒い草の汁が自らのペクチンで固まったもので、消化を助けてくれる。愛玉子は果物の種から採った汁がやはり自然のペクチンで固まったもの。熱をとり腎臓を整えてくれるらしい。台湾ではそれをびっくりするほど大きなどんぶりで出してくれる。お店によっては注文するときに追加をお願いすれば、豆腐や豆やタピオカなど載せてくれる。黒蜜の甘みと氷の冷たさでぺろりと食べてしまう。

夜道にはみだすほどの人が並んでいても、すごい回転の良さでおじさんやおばさんが注文をさばき、さっと出してくれる。大勢の人が道にはみ出して嬉しそうにそれらをかきこんでいる活気を見るのが大好き。喉を通る冷たくて体によいゼリー、日本でももっと流行るといいなあ。

すてきな権力

出稼ぎに行かざるをえないことも多い私だが、主婦としてうちにいるときには常に思っている。「私はいつも何かを補充しているなあ」と。

トイレットペーパー、人と犬の飲み水、氷、ドッグフード、犬のトイレのシート、消毒用のアルコール、床を拭くシート、ジュース用の野菜、米、ガムテープ、調味料、常備薬、もぐさ、ふきん……きりがない。

まあ世の中のお母さんはだいたいみんなこんな様子だろうと思う。

こんなにもしょっちゅう切れるなら、いっそいっぺんに買ってしまいたい！

でもそれは違う。この違いこそが主婦的なものの醍醐味なのだと思う。「今を生きる」的な。

昔、父が出かけるたびに接着剤と透明ラップとアルミホイルと電球を買ってきてしまっていた理由がよくわかる。それらは「必要なときにいつのまにかなくなっている」ものだからだろう。

今はコンビニエンスストアがあるからいいけれど、昔はそうではなかったので父は何回か夜中に痛い目にあったのだろうと思う。


父の作るごはんの特徴であった「づくし技」の理由も今となってはよくわかる。

ほうれん草のソテー、ほうれん草の卵焼き、ほうれん草のお味噌汁、ほうれん草のおひたし。今日使いたいものがとりあえずメニューの全部に入っているという状況。毎日のことだから私もついこれに陥りそうになる。うっかりほうれん草をたくさん買ってしまい、当日気まぐれで別のメニューを思いついてしまったとき翌日に、ほうれん草がどうにもならずついついやりたくなる。

でも実はその逆のパターンがいちばん楽しいことにも気づいた。

まずは「ほうれん草を取り入れなくては」から出発して、卵があるからとココットを作り、そのココットがもともと冷凍してあったあさりとホタテを役立てるチャウダーを呼び、バランス的にちょうどよく余っていたトマトを使ったサラダを呼び、瓶に残った最後のちょっぴりのオリーブオイルでぴったりドレッシングを作り、へたっていたパセリを刻んでココットとドレッシング両方に使っちゃえ、みたいなこと。

そうして冷蔵庫の中身パズルを偶然にもどんどん解ける状態がたまたまやってくると、たいそう気持ちが良い。その上家族の健康にも貢献できる。

偶然に見えるがそれは実は買い物の当初から意識の奥深いところでいつの間にかイメージで組み立てていたものなのだと思う。

外食はとてもおいしいし自分より料理の技術も優れているけれど、だれがどんな気持ちで作っているかわからないところがある。イライラしたり、悲しかったりしているかもしれない。

でも家族の顔を思い浮かべながら楽しく作ったものが、家族の力にならないはずがない。たとえ眠そうにもそもそ食べていても、疲れていて上の空でも、栄養バランスとかていねいな味つけとかは勝手に彼らに（そして自分に）しみこんでいくのである。

陰ながら徳を積む、これ以上においしいことがあるだろうか⁉……なんだか少し邪（よこしま）な感じがするけど！

「そこいらへん」のその後

千葉の検見川（けみがわ）にあるいつも混んでいるカレー屋さんについて少し前に書いた。たくさん待つのに少しも店員さんがいばってなくて、すごくおいしくて、急（せ）かされて食べることがないお店だ。

そういうお店ってありそうでなかなかなく、もはや天然記念物みたいな感じになっている。今の時代は行列ができるような人気のお店だと並んですぐにメニューが回ってきて、席に着く前から注文を取りに来たりする場合が多い。

「席についてすぐに頼んだものが出てきちゃうとちょっと落ち着かないな」と思うんだけれど、お店側からしたらあんまり落ち着いてもらっちゃ困るのだからそれでいいのかな。

でもそのお店は違う。席に着いたらいつでも「どうか楽しんでいってください」「ごゆっくりどうぞ」という雰囲気が漂っている。

そのせいかお客さんもみな幸せそうに見えて、店内の雰囲気がほんのり甘い感じだ。
たまたまご主人と話をする機会を得て、まるで古くからの知人のように、その人生の話をいろいろ聞いた。奥様と結婚してすぐにいっしょに始めたお店であること。支店を出したけれどショッピングモールごとなくなってしまったので今はこの一軒しかないこと。ご主人は南インドの料理が得意だけれどシェフたちは北インドの人たちだから、バランスよく提供できるということ。

今となってはインドのシェフがいるインド料理屋さんは珍しくないけれど、当時の日本で、しかも千葉でそのような専門的なお店を開いて、今のように人気店になるまでの三十五年間、いったいどんな歴史があったのだろうと想像するだけでどきどきする。それはきっと冒険物語のような、パイオニアだけが知っている道のりだったのだろう。

彼らが東京にお店を開かなかったからこそ、真っ暗な街角を照らすそのお店の明かりとにぎわいが温かく貴重なのだ。

比較的うちの近所の桜新町（さくらしんまち）というところにも、こだわりの小さなインド料理店がある。その人たちがインドで買ってくるかわいい雑貨もあるし、お店の前を通るといつもスパイスのいい香りがする。

また下北沢にもまるで南インドの味そのものの、おいしい魚カレーやラッサムというトマトのスープを出すお店がある。

そのようなお店たちは、ほんとうにインドで食べるのと同じくらい、いや下手なインドのお店よりもずっとインドらしい本格的な味がする。

それが例えばタイ料理やイタリア料理、トルコ料理などなどであっても、異国の料理を日本の気候の中で提供するのはとてもリスキーなことだ。沖縄で飲むオリオン生ビールや泡盛がいちばんおいしいように、いつだってその土地の空気が味つけを決めるものだから。

でも日本でそういう異国の料理の専門店に行くと、そのお店をやっている人たちの旅の歴史がいっしょに香ってくるようで私は好きだ。彼らの旅と研究の歴史がお店といっしょに生きているようで、異国に惚れこんでしまった人生の良さを感じることができる。

あの日の卓球

今でもはっきりと覚えている。

当時（十数年前）、私は夫に週に一回くらいの頻度で卓球を教わっていた。

近所の卓球場に行っては、基礎を教わりながらなんとかラリーをして、すごく楽しんでいた。


一度たまたま平野早矢香さんと電話でお話ししたときに、他に話題がなかったのでついつい「うちの夫は平野さんと同じ栃木県出身で、中学校のときに卓球で県北三位になったことがあるんですよ」と言ったら、「私の両親も栃木で卓球を教えていました！　ご主人に『どうかこれからも卓球を続けてくださいね！』とお伝えください」ととても爽やかにお返事してくださり、いやいや、全体のレベルが違いすぎます！となんだか申し訳なくなってしまったことがある。

でもそんなふうにためらいなく人に言えるなんてなんてすてきなことだろうと思った。

平野さんだって引退するまでには地獄を見たこともあるだろうし、卓球を憎んだことだってあるかもしれない。人一倍練習される方なので、きっと卓球以外のことをなにもしないで歩んでこられたはず。なのにためらいなく卓球の良さを伝えようと思うなんて、なんて気持ちのいいことなんだろう。

私も人にそう言えるような仕事をしていきたいなと思う。

十数年前のその日、私はいつも通り夫と卓球をしていたがどうも体がうまく動かなかった。そしてやたらに喉が渇いた。ついに糖尿病になってしまったかなと思うくらいの渇きで、しかもふだん健康にやたら気をつかっている私がなぜか、炭酸の入った甘い飲み物が飲みたくてたまらなくなったのである。その渇望と言ったら「そういうドリンク以外は今一切受けつけない！」と宣言したくなるくらいだった。

私がそのタイプの飲み物を最後に飲んだのは高校生のときくらいだったのではないだろうか。

私は自動販売機で炭酸入りの甘い飲み物を次々に買い三本くらい飲んだ。

そしてさんざん卓球をして、まだまだ動ける感じがして二キロくらい歩いて帰ったが、どうにもすっきりしなかった。微熱もあるようだし、服が体にまとわりついてくるような重さがあった。

数週間後に理由がわかった。私は妊娠していた。あれは変なつわりだったのだ。

子どもが小さい頃からやたらに炭酸飲料が好きなのは、胎教のせいなのか、もともと彼がそれを好んでいて私に影響を与えたのか？

そこまではわからないが、あるとき突然彼が卓球にはまりだしたときには、何かを感じずにはおれなかった。そのときまでは一切運動に興味がなく、うながしても無視、せめてたくさん歩こうよと勧めても自分だけバスに乗って帰ってしまうような超怠け者のインドア派だったのに！

今、子どもは毎週パパと卓球をしている。うまくなりたいと思っている。体を動かしているうちに急に今までできなかったことができるようになる喜びをちゃんと味わっている。

なにごとにも縁と時期が大切なんだなあということを、私はますます信じるようになった。

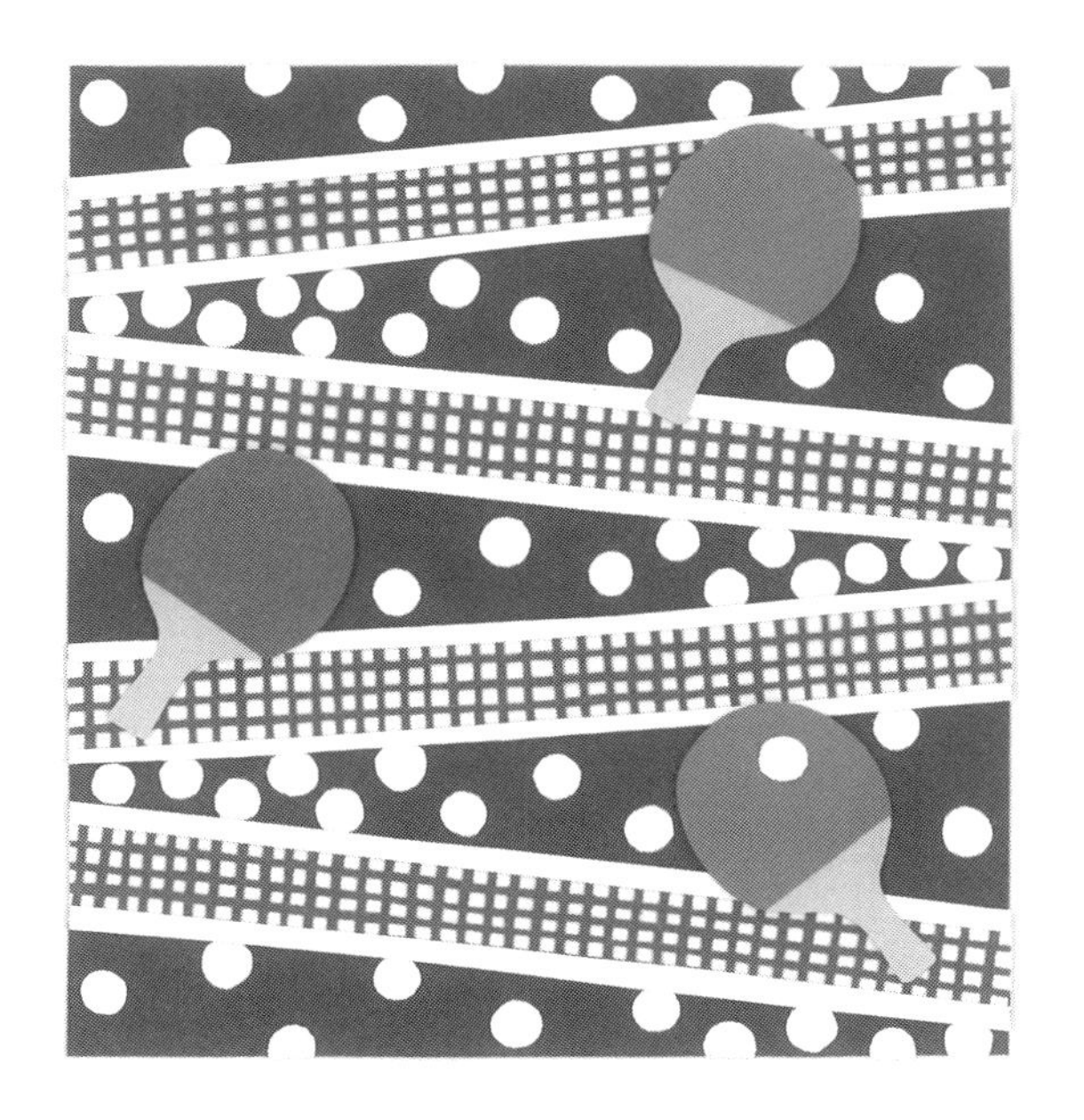

一万歩の世界

あるときふと気になって、スマートフォンの中に万歩計のアプリを入れてみた。自分が一日何歩くらい歩いているのか知りたかったからだ。

しかしある日車に乗りながらスマホの画面を見ていたら、揺れるたびに歩数が増えていく。こりゃだめだと思って、もっと本格的な万歩計を買った。

ホノルルマラソンに出たことのある友だちが、腕時計型はいつも腕を振りながら歩くわけじゃないから意外に正確じゃないので、腰につけるといいよと教えてくれた。

それからは毎日、腰の万歩計と共に過ごしている。

忘れてたくさん歩いてしまうとなんだかもったいないような気がしたりして、本末転倒だ。

電車に乗って駅で乗り換えをして往復プラス犬の散歩でだいたい一万歩くらいだな、と把握できたのでもう計らなくていいんだけれど、旅行とか意外な移動とかコースの違う散歩などの歩数が知りたくてたまらなくなる。

仕事に追われて明け方まで起きていて、さあ寝るかという時刻に「今日もがんばって動こう！」などという表示が出るとガクッとなるので、私には時差仕様が必要なのかもしれない！

その万歩計はカロリーも記録できるのだが、お昼にたまたま接待などでコース料理を食べてしまうと、ちょっと記入しただけで軽く一日分のカロリーを超えて表示されるのでくらくらするからもう見ないようにしている。

だいたい平日の昼はほとんど軽食だけで、キヌアサラダだけとか具沢山(ぐだくさん)の味噌汁だけとか半日断食とか変な食生活をしているので、あんまりきちんと計算できない！

……などなどで機能が進みすぎているその万歩計に全然ついていけていない。


そんな感じで歩き始めた頃、夫が海外出張で二週間出かけてしまった。

日本は安全でいい国だけれど、夜道をひとり歩くのにドキドキすることには変わりない。一緒に歩いてくれる犬はおばあさんや子どもにはわんわん吠えて不審な人にはすり寄っていくという、わけのわからない性格なのでちっともあてにならない。

夜中だと木陰に人がいても動揺するし、急いで帰ろうと思うのであまり楽しくない。

なので夜の早い時間にあわてて散歩していた。そしてひとりで散歩しなくていいふだんの毎日のありがたみを思った。ひとりで夜道を歩いて初めてわかる気持ちだ。

ちなみに子どもに「ついてきて」と言ってみたけれど「面倒だからいやだ」と思春期らしい返事が返ってきただけだった……。

夫が帰ってきてからは遅めの時間でもあわてずに歩けるようになった。ふたりと一匹で短い時間夜道を歩くだけだけれど、このくりかえしはきっと一生を支える思い出になるだろうと思う。毎日ただ歩き、留守番しているおばあちゃん犬の好物のどくだみの葉を数枚摘んで帰るだけ。でも近所のどくだみスポットを全て把握し、花の咲く場所や猫がいる家なども覚え、自分の中の街の姿がまたひとつ深くなった。そういえば子どもの頃はこうやって植物で街の地図を描いていたなと懐かしく思った。

ご縁

二十代の後半、けっこう長い期間目白に住んでいた。

そのとき、ほぼ毎日通っていたカフェがあった。マスターはこだわりの珈琲を淹れる人で、彼のお姉さまがとてもていねいにケーキを作っていた。

落ち着いた内装で出窓があるすてきなお店だった。

ひとりで、あるいは打ち合わせで、英会話をするために、恋人と、友だちと、午後に、晩御飯の後に……ありとあらゆるときに行った。

そして珈琲を飲んだり、オレンジがふんだんに載った爽やかなケーキを食べたり、サーモンとクリームチーズのベーグルを食べたりして、幸せなひとときを過ごした。

私は引っこして目白を出てしまい、ほどなくそのお店がなくなったことを聞いた。

淋しかったけれど悔いなく通ったからいいやと思っていた。

そしてあるとき、たまたま家族と軽井沢に宿泊してタウン誌をぱらぱら見ていたら、なんとそのカフェの名前が書いてあった。私はびっくりしてすぐにそこに行った。なんとそこにはあのマスターがいて、内装もなんとなく目白のお店に似ていて、ケーキはお姉さまのものではなかったけれど奥様が別のすてきなメニューをいろいろ考えていらして、何よりもマスターが全く同じ味の珈琲を淹れていたのであった。聞けば軽井沢に移住したのだという。あまりの偶然に私は嬉しくなって、マスターと懐かしい目白の思い出を語り合った。

しばらくして仕事で軽井沢に行く機会があった。前の日に到着して宿泊し、担当の編集者さんと翌日の仕事のミーティングをした。翌日の午後ライターさんが到着するのでそれまで少し時間があると彼女は言った。

「どこか軽井沢で行きたいところはないですか?」と聞かれたので件のカフェの名前を告げたら、編集者さんはびっくりした顔で言った。

「それは私のおじさんのお店です! お誘いしていいかどうか迷っていたんです」

なんと、すでに数年間いっしょに仕事をしていたその人はマスターの姪御(めいご)さんだったのだ。

いっしょにそのカフェに行き、お昼を食べ珈琲を飲んで、マスターと彼女とみんなで不思議なご縁について話した。

私はそうしょっちゅう軽井沢に行くわけではなく、その編集者さんと軽井沢に行くことになったのは対談相手の方がたまたま夏でそこにいらしたからであって、ものすごく珍しいことなのだ。さらに、もしも彼女が行きたいところはないかと聞いてくれなければ、私たちはお互いにそのお店の名前も出さないまま、普通に仕事をして帰っただろう。

あの頃毎日通ったカフェが軽井沢にあるのをたまたま見つけ、たまたま仕事が軽井沢であったことで超忙しい私たちが万障繰り合わせていっしょに軽井沢に行くことになり、私がそのカフェの名前を出し、そのカフェのマスターが彼女のおじさんであることが発覚し、いっしょにそのカフェに行く確率って、どのくらい低いのか考えただけでくらっとする。

縁って、あまり何も考えなくても、放っておいてもつながるようになっているのかも。

健康な彼女

具体的に名前を出すときっと混み合ってしまうし迷惑になるから書けないけれど、私が数年前からオイルマッサージをお願いしているSさんという若い女性がいる。

私が健康志向のせいか周りには現代社会に生きている割には健康な人が多い。たとえ忙しくても人生を楽しんでいたり、ちゃんと休もうと思ったら休めたり、顔色がよかったり、眠いと起きていられなくてすぐ寝たり。わりと平和な世界にいる気がする。

その中でも「この人は健康だ！」と思えるのがSさんだ。とにかく見た目が違う。空気の粒がはじけるようなオーラを感じる。体もどっちかというとがっちりしている。最近の細くて華奢(きゃしゃ)な人が多い日本では珍しいしっかりした体つきだ。肌の色つやがよくて、ほとんどお化粧していなくても頬がいつもピンク色だ。

「ほんとうは、こういう人こそが人を触るべきだなあ」

と私はしみじみ思っていた。たまに飛び込みでマッサージに行くと「大丈夫ですか？　私がマッサージしましょうか？」みたいな顔色のセラピストの人がけっこうな確率でいるからだ。

弱っている人たちは健康な人に群がっていくものなので（それは悪意ではなく本能とか習性に近いものだと思う）、彼女はいつも予約でいっぱいで、ほどよく健康な私は風邪をひいたときとか、数ヶ月に一回とか、いい感じのバランスで通っていた。

あるとき、珍しくSさんの顔色がちょっと悪いなあと思っていたら、彼女には赤ちゃんができていた。

「人のケアしてる場合じゃないよ、お仕事むりしないで休んでね」

私は言った。

健康でしょうがない人はマッサージには基本来ないものだから、現代社会にもまれて疲れた人たちの重いエナジーが彼女の妊娠期間を重くするのはなんだか切なかった。

「はい、ちゃんと休みます！」

そう言いつつ彼女はけっこうギリギリまで産休に入らなくて、私はやきもきしてしまった。

やっと産休に入る日「すぐ復帰しますから」と彼女は言ったが、なかなかその知らせは来なかった。「新生児がいると忙しいよね、もしかしたらこのまま戻らないかもなあ」と私は思った。

しかしある日、彼女は燦然と、パワーアップして復帰してきたのである。その神々しさにびっくりした。ますますきれいになり、明るくなり、強くなり、腕を上げていたからだ。

「赤ちゃんとゆっくりしたらますます元気になってきました。あんまり夜泣きもしないし、家族に預けても大丈夫だし、拍子抜けしちゃいました。それに家に帰るとすごく喜んでくれるし、私はとにかく健康すぎる自分がこわいくらいです！」彼女は言った。

「出産は最高のデトックス体験でその後の人生に備える体を作ることができる可能性がある」と書物では読んでいたが、自分はそうはいかなかったし、実現させている人を見るのは初めてだった。健康の尊さをこの目で見て、ひとりでも多くの人がその人なりに健康であるような世界が来てほしいと思わずにいられなかった。

お化粧の極意

タイトルを見て「あんた、ふだんほとんどノーメイクじゃない！」と突っ込む人がたくさんいそうだけれど、私はこれまでこのごく普通のルックスでありながらも、国内外のありとあらゆるすばらしいヘアメイクアップアーティストの方々にメイクをしていただいたことがあるので、女性は「数時間なら、そして写真の中ならどんなふうにもなれる」ということを身をもって知っている。

これはカメラマンにも全く共通して言えることなのだけれど、ほんとうに仕事ができる人はとにかくすばやい。篠山紀信先生なんて、来たかと思ったら数枚シャッターを押してもう去っていく。それなのにあんなすごい写真を撮っている。今まで出会ったすごいカメラマンはわずかな例外を除いて、ほぼ全員がたくさんシャッターを切らなかった。そして去り際がきっぱりしていた。

これは桜井章一さんのおっしゃるところの「準備、実行、後始末」ができているからだと思う。現場についたらすぐに自然光の具合、ライティング、被写体の状態、服の色などを目で捉(とら)え終えて、頭の中ですでにもう写真ができているのだろう。

優れたヘアメイクさんも同じだ。仕上がった姿を心で捉え最小限の仕事をする。これまで私はずっと恵まれてきたけれど、たまに「この人は私を見ていない、手順を見ている」と思う人にあたる。そういう人は学校で習ったであろうことをていねいにやってくれるのだが、ひとつの手順も省かない（化粧水、クリーム、下地、ファンデーション、眉毛、アイメイク、チーク、リップ、髪の毛のセット）ゆえに、やたらにかっちりした仕上がりになる。かっちりした魅力の人ならそれでいいけれど、人間はみな違う個性を持っているのに同じ感じの顔になってしまう。

若いときはいろいろチャレンジすべきだが、中年以降は引き算のメイクをしていくのが、長い人生を幸せに生きていくコツだと思う。もちろんこれにも例外はある。ばっちりメイクしているすてきなおばあちゃんをたくさん知っているから。でもたいていの人の場合、ひとつずつ引いていくのがいちばん若くきれいに見える。

わかりにくい例えすぎて恐縮なのだが「アメリカン・ホラー・ストーリー」のためにインタビューを受けているときのレディー・ガガくらいでいい。眉毛はないし、アイメイクはほとんどしてないし、なんだか白くて薄いじゃないか！　と思うくらい。

たいていの人は若いときと同じメイクを同じ手順でしてしまうから、時代遅れの上に厚めになってしまう。思い切って引き算のメイクをしてみると「今の年齢の自分の良さ」がじわっと見えてくる。しわとかシミをほんのり隠して、アイメイクは薄めにしかししっかりと。肌色のムラだけ簡易になくして、粉もやたらはたかないほうがいい。だんだん素顔に近くなっていくのが前述の特例を除いては正解だと思う。はじめは「老けたね」と言われるけれど、数週間後には高評価が返ってくると思う。

ラーメンと天ぷら

若いとき、いつもいっしょにごはんを食べていた人たちがいた。

家族かと思うくらいにいつもいつも。その人たちは今はもう散り散りになって、それぞれに今周りにいる人たちとごはんを食べている。

自然に木の実が落ちるみたいに、いつのまにか離れている。それはきっと悲しいことではなく、自然なことなのだ。

こういう変化を何回か繰り返しているうちにこの世を去っていくのだな、とわかるような年齢に私もなってきた。そして向こうの世界には向こうのごはんメンバーのような人たちがいて、今度はあまり入れ替わったりしないでのんびりと交流するのだろう。もし生まれ変わりというものがあるなら、次にまた地上に来るまでは。

ふだんはそこまで先のことを考えるようにできていない私の脳みそなので、とりあえず今目の前でしょっちゅうごはんを食べている人と、いつ、もうごはんを食べたり笑いあったりできなくなるかわからないのだなあ、と思うことしかできない。自分では決められない流れによって人と人は出会い、いっしょに過ごし、別れていく。恋愛だとわかりやすいけれど、そうでない場合はもう少し大きなスパンになり、しかし全く同じように変化する。

だから目の前でごはんを食べている人とちゃんと過ごそうと、そしてなるべく自分にも他人にもアラを見つけず鷹揚でありたいと思っている。

なにせ、五十二歳の目標を「鷹揚」としたくらいの私だ！

でも「鷹揚」を手帳に書こうとしたら漢字が書けなくて調べたという、情けない私だ……！

あるとき、ネットのニュースで俳優のキアヌ・リーブスさんが日本で行ったラーメン屋のことが書いてあった。彼は壁にサインまでしたという。私はそれを成田からの帰りの車中で見つけ、行こう！　と思った。すると同じくキアヌが好きな歳下の友だちから「会いましょう」とちょうど連絡が来たので誘ってみた。彼女の家はちょうどそこから遠くない場所にあるからだ。彼女は大喜びして、数日後には私たちはラーメン屋のカウンターにいた。ラーメンはかなりこってりしていたけれど、おいしかった。彼女は中国語ができるのでお店の中国の人に話しかけ、キアヌのことを聞くことができた。普通に来て、あの席で食べていったよ、と。壁には小さくサインがしてあった。

私たちは胸がいっぱいになった。

最近、浅草の友だちと、亡くなった歌手のデヴィッド・ボウイさんが行ったという大きな海老天で有名な天ぷら屋さんにも行った。ふたりともボウイが大好きだったから、偲(しの)ぶ気持ちでいただいた。お腹いっぱいになって苦しかったけれど、きっとこのお店の雰囲気を彼は楽しんだのだろうと思うと切なくなった。

でも、私はもう知っている。そうやって同じ人を好きで、同じような気持ちでさっと集まれるその友だちたちの笑顔や仕草やそのときに話し合ったたわいないことこそが、目的なのだと。そんな一瞬一瞬がぶどうの房みたいに集まって、人生の果実になっていくのだ。

やっぱり毎日が大切

あるとき、家の近所のお気に入りの古着屋さんに行ったら、すっからかんのがらんどうになっていた。

「ああ、やはり！　あんなにセンスのいいお店が青山や裏原宿になかったこと自体がおかしかったんだ！」

と私は嘆いた。

私よりは二十年くらい若そうな人たちのやっているお店で、基本的には私のような世代の人は行かないような雰囲気なんだけど、近所にあるという強みで私はグイグイ行っては爆買い（というほどではないけれどハッタリで書いてみた）していた。

きっと彼らはセンスを買われて大都会に行ってしまったんだ、淋しいなあとよくよくウィンドウを見たら、真向かいに移転したと書いてあった。

早速道を渡って行ってみたら、広くなりますますセンスもよくなっていて、私の好きなものがたくさん並んでいた。もう新品の服なんて買わなくていいのではないかというくらいの品揃え。ああ、私はまだまだこの街下北沢にいられる、と幸せな気持ちになった。

パリの街をただ歩いているだけで、カフェに座って眺めているだけで、人々のあまりのセンスの良さに胸打たれる。みんな自分というものを知りつくしている。この目と髪の色には何色が合うか、自分の体型にはどんなシルエットが似合うか、わかっているからこそその表現が面白くてしかたない。

こんなにもみんなが新品同様のものを着て、それが小ぎれいさと豊かさとして尊重されているのは日本だけではないかと思う。少し古びていても清潔できちんとしていて、自分になじみ似合うものをパリの若者たちやマダムたちは着ている。

インタビューを受けるといろんな記者が来る。オタク、色男、丸っこい人、細長い人、クールな美人、お金持ちそうな人、お金持ちそうだけれどそれを前面に出していない人。一目見れば、その人がなにを好きでどんな暮らしかだいたいわかる。

そんな表現ってほんとうにすばらしいことだと思う。

日本人もそろそろその段階にいく人が増えてくるんじゃないだろうかと楽しみにし

ている。

反骨精神でもやっかみでもなく、ブランドの新しい服をそのシーズンだけ着るとか、それを着て新しいレストランに行くとか、それができる人たちが住むところに住むとか。

そういう生活への憧れが全くない以上、自分の街を歩いて、気に入ったものをたまに買って、それを大事に着て、その服に合う髪型、生き方、動き方……そんなふうに学びながら極めて生きていくのはとても楽しいことだ。その楽しさをほんとうにわかったら、自分以外をひがむこともなくなるだろう。十万円以上の服やカバンや靴を毎年買うような生活ではない、街に生きる毎日の暮らし。その中での自己表現。そんな小さなことがやがて人生を作っていくのだから。

あとがき

自分だったら日曜日の朝にすごく悲しいことや考えさせられることを読みたくないなあ、と思って、なるべく悲しい話や重い話は書かないようにしました。

それでも数回、どうにもならない暗いことを書いてしまったのは、それだけ東京という街に住むことが、東京を故郷とする古い年代の私にとってきついことになりつつあるのだろうなと思います。


異様な長時間ではなくふつうにいっしょうけんめい働けば、とりあえず住むところは持てて、趣味や服装などに割くお金や時間もあって、工夫すれば安くておいしいものも食べられて、家族が作れて、最低限生きていけることが保証されていて、「幸せですか？」と聞かれたら「幸せ」と答えられる。

心には活気や情熱や希望があり、健康であり、自分で動けて、それが身近な愛する人たちのためになって、互いに助け合える。

それが人類全体の目指しているものだと思います。

その条件がそろっていても、もちろん諍いや不運や災厄や病いは等しくやってくる。

だからこそ、人生には土台が必要なんだと思います。ちゃんとした土壌のないところには、どんなにがんばっても決して花は咲きません。
ついに時代はロボットやドローンや人工知能や自動運転の世界に突入しました。幼い頃に想像していた未来世界がやってきたのです。どうかよりいい時代になっていきますように。

どこから読んでもちょっと懐かしいような、少しだけ幸せなような気持ちになれて、年代を超えてだれもが自分にもこういうことがあったよなあ、と思えるような本にしました。私にできることはそのくらいなのですが、それがみなさんの毎日に小さな力をもたらしてくれたらありがたいです。

全くマイナスのイメージを発していない、清らかなすばらしいイラストを添えてくださったＭＩＨＯさん、ありがとうございます。
毎日新聞日曜版編集長の山本隆行さま、楽しいやりとりをありがとうございました。全く退屈せずに過ごせました！　連載中いつも感想を伝えてくださった毎日新聞出版、単行本担当の柳悠美さん、ありがとうございました。

みなさんがどこかゆるくて楽しそうで、過激な記事も堂々と載せて下さる、自由な雰囲気が残っている毎日新聞が大好きで、「毎日新聞っていいな」というタイトルで連載したかったくらいです！

連載中、すばらしいサポートをしてくださった吉本ばなな事務所のみなさん、ありがとうございました。

そして連載中も、書籍になってからも読んでくださったみなさま、ありがとうございます。この本が小さな幸せのお守りになるように願っています。

２０１６冬

吉本ばなな

初出　毎日新聞「日曜くらぶ」
二〇一五年十月四日～二〇一六年九月二十五日

アートワーク（カバー・挿絵）　ＭＩＨＯ

装丁　大久保明子

1964年東京生まれ。

87年『キッチン』で海燕新人文学賞、88年『ムーンライト・シャドウ』で泉鏡花文学賞、89年『キッチン』『うたかた／サンクチュアリ』で芸術選奨文部大臣新人賞、同年『TUGUMI』で山本周五郎賞、95年『アムリタ』で紫式部文学賞、2000年『不倫と南米』でドゥマゴ文学賞を受賞。イタリアではスカンノ賞、フェンディッシメ文学賞「Under 35」、マスケラダルジェント賞（文学部門）、カプリ賞などの文学賞を受賞。作品は海外30数カ国で翻訳、出版されている。

近年の主な作品に『花のベッドでひるねして』『鳥たち』『サーカスナイト』『おとなになるってどんなこと？』『ふなふな船橋』『イヤシノウタ』『下北沢について』がある。

noteにてメルマガ「どくだみちゃんとふしばな」を配信中。

毎日（まいにち）っていいな

印刷　2017年2月10日
発行　2017年2月25日

著　者　吉本（よしもと）　ばなな

発行人　黒川昭良
発行所　毎日新聞出版
〒102-0074 東京都千代田区九段南1-6-17 千代田会館5F
営業本部　03(6265)6941
図書第一編集部　03(6265)6745

印刷　中央精版
製本　大口製本

ISBN 978-4-620-32438-8